Ciencia ficción

Seix Barral Biblioteca Breve

Daniel Remón

Ciencia ficción

Seix Barral, un sello editorial de Editorial Planeta, S. A.
Avda. Diagonal, 662-664, 08034 Barcelona (España)
www.seix-barral.es
www.planetadelibros.com

Primera edición: enero de 2024
ISBN: 978-84-322-4281-6
Depósito legal: B. 19.267-2023
Composición: Realización Planeta
Impresión y encuadernación: Gómez Aparicio
Printed in Spain - Impreso en España

Si alguien del futuro pudiera echar un vistazo a lo que nos afanábamos en construir, estoy segura de que diría: Eso solo lo han podido construir esclavos.

SHEILA HETI, *¿Cómo debería ser una persona?*

UN CAMINO QUE CONDUCE A UNA ESTRELLA

Nos acercábamos a un banco de piedra cuando Jimena dijo no con la cabeza.

En ese banco no nos podemos sentar, dijo.

¿Por qué no?

En ese banco me dejó mi primer novio.

No llegaría nunca a saber si hablaba en serio o en broma. Años después, cuando vivíamos juntos, se lo volví a preguntar. Ella negó haber dicho nunca nada de ningún banco.

Mi primer novio no me dejó, dijo, le dejé yo a él. Lo hice por carta porque soy una cobarde. Él era muy bueno. Ahora está calvo y vende material ergonómico para oficinas.

Nos sentamos en las escaleras del museo, entre dos columnas de vidrio y acero en cuyo interior permanecían los ascensores, quietos como nosotros

ahora. Estábamos frente a la escultura titulada *El pueblo español tiene un camino que conduce a una estrella*, un homenaje a la defensa de Madrid que el Gobierno republicano encargó al pintor y escultor Alberto Sánchez (Alberto) en plena guerra civil. La obra es una réplica —el original desapareció en la Exposición Internacional de París en 1937—. Según la página web del museo, se trata de «un tortuoso cactus antropomórfico con acanaladuras cuya cúspide está coronada por una estrella roja. El camino tiene un jalón, una paloma, símbolo de la paz, y un final esperanzador».

Nuestras frentes ardían. El aire, lo mismo. Había llegado a Madrid una ola de calor bautizada por los telediarios como la *bestia africana*.

Tuvimos suerte: pasó un chino vendiendo latas de Mahou. Compré una, un agua grande y un paquete de chicles de sandía. Por sus textos, descaradamente autobiográficos, sabía que Jimena no tocaba la cerveza.

Me la bebí toda con dieciocho años, dijo. Ahora me da ganas de vomitar. Me pasa mucho eso. Me canso de las cosas.

Lo importante es que no te canses de escribir, dije.

No me voy a cansar.

A mí me gusta mucho cómo escribes.

A mí me gusta mucho cómo escribes tú. Y cómo das clase.

Doy clase de cualquier manera, dije.

Eso no es verdad y lo sabes, dijo ella mientras liaba un cigarro. En serio, dijo. He aprendido mucho contigo este año. Sé que le vas a quitar importancia pero preferiría que no lo hicieras. El cine es importante para mí. Escribir es importante para mí. Lo que te estoy contando es importante para mí. Recíbelo, dijo. Y también: me encanta esta luz.

Eran las tres de la madrugada. En el cielo había más contaminación que estrellas. Pero había estrellas, pocas. Un niño tonto las podría haber contado con los dedos. El suelo de la plaza estaba húmedo. Contra uno de los charcos, que no era un charco de lluvia sino un charco de camión de limpieza de ayuntamiento, se reflejaban los neones de una peluquería venezolana con la puerta entreabierta.

En una película sería justo ahí, en ese punto, donde nos habríamos besado. Lo hicimos veinte minutos después, junto a un cubo de basura que olía extrañamente bien.

Profesor y alumna, dije yo entonces, como si hubiera que decirlo, y dejé el pensamiento colgando para que lo recogiera ella.

Yo ya no soy tu alumna, dijo Jimena. Y solo tienes cuatro años más que yo.

De todos modos no es muy original, dije.

La originalidad no existe.

¿Eso quién lo dice?

Tú.

Yo digo muchas cosas. Además, la frase no es mía.

Es verdad, era de un poeta chileno que había tenido más hijos que todas mis bisabuelas juntas. Y también, si se quiere, de incontables escritores y pintores y directores de cine y hasta porteros de discoteca.

Eso demuestra, dijo ella, que la originalidad no existe.

Hablamos. No de cine. No de literatura. Estuvimos cuarenta y cinco minutos hablando de queso. Hablamos del Gamonéu, un asturiano de tres leches y textura cremosa. Del Occelli, un piamontés envuelto en hojas de castaño que sabía a setas, a avellanas, a heno. Del Valençay, una pirámide de leche de cabra cubierta de ceniza. Del Comté, del que dije yo, pomposo, haberlo visto nombrado en alguna parte como el queso favorito de varios autores, desde Plinio el Viejo hasta Victor Hugo.

Hablamos también, entre queso y queso, del programa de televisión *¿Quién quiere casarse con mi*

hijo?, un pavoroso *reality* que ambos veíamos de resaca, enterrados bajo toneladas de vergüenza y comida basura. No lo veíamos solos, lo supimos pronto. Pero de eso, de las personas que nos esperaban en las casas en las que íbamos a dormir, habíamos decidido que no hablaríamos.

Tengo que irme, dijo ella deprisa, de la nada.

Estábamos frente a la estación de Atocha. Ya no pasaban trenes. Sin embargo, vimos, en la puerta, una fila de taxis con bombillas verdes encendidas.

Yo también tengo que irme, dije. ¿Para dónde vas?

Para allá, dijo ella. ¿Y tú?

Para allá, dije yo señalando en otra dirección, una cualquiera.

Estaba lejos de casa, pero pensé que me vendría bien dar un paseo. El curso había terminado. Al día siguiente no tenía que madrugar.

Llevaba diez años dando clases de Guion en la misma escuela de cine. En ese tiempo había tutorizado, entre cortometrajes, largometrajes y series de televisión, unos doscientos proyectos. Año tras año, un rosario de géneros dispares se fue acumulando en el disco duro de mi ordenador. Recuerdo vagamente batallas intergalácticas, viajes por carretera, crímenes

sin resolver, conspiraciones, equívocos en residencias de verano, despedidas, desembarcos, intentos de suicidio, satélites en llamas. Y sobre todo una sensación constante de ingravidez que muchos de los personajes, ya fueran humanos o alienígenas, compartían conmigo. Frente al despliegue de todos aquellos mundos duplicados me sentía con frecuencia inútil y sordo, sentía, en definitiva, que me faltaba el suelo.

Esa noche, de camino a casa, sentí algo muy parecido.

Antes de abrir la puerta me metí un chicle en la boca. Me supo a cualquier cosa menos a lo que decía el paquete.

Me descalcé en el rellano para no hacer ruido. Me quité la ropa y dormí en el sofá pensando en Jimena.

Soñé que protagonizábamos juntos una de aquellas historias con las que fantaseaban mis alumnos. Sabía que no se convertirían en películas nunca y me pregunté, al despertar, qué sería de ellas. Estarían, quizá, flotando en el aire, como las partículas de un gas, desordenadas, moviéndose al azar, vibrando, desplazándose en todas direcciones.

COMEDIA ROMÁNTICA

Algunas de las cosas que voy a decir sobre Jimena las he sacado de la experiencia vivida durante los siete años en los que fuimos pareja. Otras vienen de los guiones que escribía. No estoy seguro de que la segunda fuente sea menos fiable que la primera.

*

Sus textos eran buenos. Había otros materiales en ellos, materiales nuevos. O materiales más viejos que las ruinas de Pompeya. Con distinto envoltorio, quizá, uno que resplandecía.

Todos orbitaban en torno a la figura de la madre. En uno era un fantasma. En otro una escritora. En otro una leyenda del ajedrez. En otro una espía comunista. En otro una princesa. En otro un ama de llaves.

En otro una especie de humo que se colaba por debajo de las puertas y ponía fin a todo tipo de problemas. En otro —para mí el mejor— era directamente su madre, o más bien la imagen de su madre que recordaba, o más bien la que me iría pintando a mí, con el tiempo.

*

Su madre murió cuando ella tenía nueve años. Mi padre, cuando yo tenía veintiséis. Los dos eran profesores de Matemáticas. A veces me los imaginaba juntos, resolviendo integrales y derivadas, trazando rectas infinitas con cartabones. O esperando el autobús. O cenando juntos en el Oriental Palace de la esquina, sorbiendo tallarines, masticando ancas de rana. Me gustaba pensar que no estaban solos y que se habían hecho novios, o amigos. A Jimena nunca se lo dije. Tenía miedo de que se sintiera atacada. Ahora me doy cuenta de que durante mucho tiempo la vi así, como una pantera, en guardia y a la defensiva.

*

Una frase en un cuaderno amarillo pautado que perteneció a la madre de Jimena. Una cita del artista Odilon Redon. «La lógica de lo visible al servicio de lo invisible.»

*

Había algo en eso de ser medio huérfanos que nos unía. Algunas veces nos unía, quiero decir.

*

En realidad yo no soy medio huérfano, soy huérfano del todo. Mi madre murió de cáncer de mama cuando yo tenía siete años. Por ahora es lo único que me animo a decir sobre el tema.

*

Su padre pintaba. ¿Qué pintaba? Paisajes, animales imaginarios, manos extendidas diciendo hola o adiós, según. Jimena tenía con él una relación complicada. Mi padre y yo tenemos una relación complicada, decía. Vivía solo en un pueblo de la sierra y algunas noches lloraban al teléfono o arrastraban hasta

la luz del presente una colección interminable de agravios, la mayor parte acontecidos durante la infancia de Jimena. Yo he visto a su padre tirarle una rodaja de melón piel de sapo a la cabeza. Y pinceles. También los he visto bailar juntos de la mano en una feria de artesanía.

Cada vez que hablábamos de su padre discutíamos.

*

El día que lo conocí nos invitó a cenar a un mexicano. Pedimos una botella de mezcal y él —Vicente, se llamaba— se la bebió entera. Al terminar estaba tan borracho que atravesó sin darse cuenta la cristalera de salida. Sé que parece una historia inventada, pero es lo que pasó: una lluvia infinita de cristales enanos le cayó encima mientras él pedía un taxi con el dedo.

*

Jimena tenía una hermana diez años mayor. Hablaba con ella por Skype todos los fines de semana. Había trabajado mucho tiempo como analista de sistemas informáticos. Ahora daba charlas motiva-

cionales y era profesora en la universidad. Vivía en Toronto y estaba casada con un canadiense simpatiquísimo que se llamaba Nathan. No tenían hijos.

Es una pena no haber vuelto a saber nada de Nathan. Me divertía hablar con él. Y eso va también por Inés, la hermana de Jimena.

Las dos habían pesado siempre, en todas las etapas de su vida, exactamente lo mismo. Dejando ese misterio a un lado no creo que tuvieran nada en común. Sin embargo, estaban muy unidas. He sabido que Inés fue la primera persona a la que llamó Jimena cuando nos separamos. Las dos veces, la temporal y la otra.

*

Me acuerdo muy bien de los encuentros de las hermanas, que yo escuchaba —a veces queriendo y a veces sin querer— desde la habitación en la que intentaba escribir. Las oía reírse de las fotos de un ex de Inés en Instagram, manosear recuerdos de infancia como si fueran bloques de plastilina, probarse ropa, buscar juntas soluciones cada vez que a su padre lo ingresaban nuevamente con un cuadro depresivo más grave que el anterior. De cuando en cuando

Nathan y yo nos colábamos en sus conversaciones y nos poníamos a charlar. Hablábamos sobre todo de cine italiano de los setenta —Nathan había tenido dos videoclubs en la ciudad, ahora trabajaba para una empresa de alquiler de cámaras— y de la NBA. Él era de los Raptors. Yo nunca he sido hincha de ningún equipo, pero ver a ciertos jugadores en movimiento tenía para mí un efecto balsámico. Se deslizaban por el parqué con una cadencia —casi diría que una métrica— que me hacía olvidar durante un rato mis problemas: la noche y sus promesas, como decía el mejor amigo de mi abuelo, un exborracho, mis padres muertos, una infatigable frustración profesional, los roces de la convivencia.

Los vi pocas veces en mi vida. En persona, digo —con una pantalla de por medio serían muchas más—. Casi siempre nos invitaban a comer cocido en Malacatín. Allí tienen la costumbre de darle a cada cliente un babero para que no se manche con los jugos de las carnes y con los garbanzos o la sopa. Me acuerdo de los carrillos color cangrejo de Nathan mientras comía como un cachorro domesticado, con el babero puesto.

*

El verano que murió su madre, a Jimena la mandaron a un campamento de monjas teresianas en un pueblo de Ávila. Lo único que aprendió allí fue a diferenciar los nombres de algunas plantas. Pegaba helechos en cuadernos y dibujaba su contorno con rotuladores chillones. Tenía pesadillas y sangraba por la nariz.

Una mañana de sol se cagó en la piscina. Lo hizo adrede, concentrada, con la intención de estropearles el campamento —y en la medida de lo posible la infancia— a todas sus compañeras.

Un monitor con una perilla funesta la llevó al gimnasio y allí, entre colchonetas y balones medicinales, le hizo preguntas que no supo responder.

La orientadora del centro, una estudiante sin experiencia médica, le diagnosticó colon irritable. Le dieron dieta blanda y la pusieron a dibujar sola. En los dibujos, que eran muchos, cuatro cuadernos por detrás y por delante, la figura del padre era sustituida por una especie de minotauro ridículo. No hace falta decir que, invariablemente, el minotauro moría asesinado.

*

Pese a la preocupación de su padre, las monjas desaconsejaron las visitas. Argumentaban que sería un mal ejemplo para todas, que sentaría un precedente, que así la niña nunca crecería.

Su padre, por entonces embarcado en un mandala circular de nueve metros de diámetro, no quiso insistir. Le mandó una postal, eso sí. Jimena la leyó tumbada en su litera, a la luz de una lamparita minúscula que enganchaba con una pinza a los lomos de los libros. Más que el contenido, le molestó el diseño: un dromedario con gafas de sol y un cigarro entre los belfos enseñaba la pezuña, una mano humana con el pulgar levantado junto a un mensaje que decía, en tipografía Comic Sans, EVERYTHING IS ALRIGHT.

En su respuesta decía que sí, que todo estaba bien. Hablaba de sus avances con el inglés, de los nombres de las plantas, de los amigos que tenía y hasta de un amigo especial al que decidió apellidar, en honor a uno de los dirigentes del partido al que había votado siempre su madre, Solchaga.

Esa postal, escrita en diez minutos a la sombra de un árbol de hoja caduca que se llama ciruelo europeo, fue su primera obra de ficción.

La segunda llegó a los trece años en forma de poema. Se titulaba *La paciencia de la profesora* y ganó un

premio en un certamen adolescente. El premio consistía en un lote de productos de Castilla y León. Había queso zamorano, garbanzos de Fuentesaúco, mantequilla de Soria. La mantequilla tenía ondulaciones perfectas en la superficie. Jimena, desde la negrura de la noche, las estropeaba con un tenedor. Era el año 96.

*

Insistió en las ficciones. Estudió Comunicación Audiovisual y participó en diez cortometrajes durante los dos primeros años. Hizo de todo. Fue guionista, directora, directora de fotografía, script, auxiliar de producción y hasta jefa de sonido. En mitad del tercer año, tras la lectura de un monográfico sobre David Lynch en la revista francesa *Positif*, dejó la carrera y los dos trabajos que tenía —uno como camarera en un sótano de Malasaña, otro paseando a un viejo que había sido falangista o legionario, no estoy seguro— y pasó los nueve meses siguientes escribiendo su primera película. Era la historia de dos niñas sin madre que viajaban en coche de Madrid a París durante el verano de 1992. *Las pirómanas*, se llamaba, porque las niñas, mientras buscaban a su madre, quemaban

un coche, un cementerio, más de cien hectáreas de bosque nativo. Lo hacían, le decía la mayor —dieciocho años— a la pequeña —nueve—, porque su madre, muerta de cáncer años atrás, se lo había pedido a través de señales que mandaba desde el cielo. La mayor inventaba también otras cosas. Que su padre se había ido a vivir a un monasterio con voto de silencio incluido. Que su madre era inmortal, omnipotente, altísima. Que su madre era escritora. Que había escrito, bajo seudónimo, la novela *Rayuela*. Que el fuego sordo del que hablaba la novela era la prueba definitiva de que así, quemando mucho de lo que veían, se acercaban un poco más a ella. Que hablaba con su madre todos los días. Que leía sus palabras en una especie de código morse que escupían los aspersores de los jardines. Que la muerte era un invento de las multinacionales.

La película nunca se hizo. Yo tampoco la he leído, no entera. Pero me acuerdo de algunos fragmentos que Jimena traía sin grapar a las clases en las que nos conocimos. Le tachaba secuencias enteras y proponía obviedades. Ella las escuchaba con una mezcla de admiración y desgana. Y deseo, también. Eso decía.

*

Tenía un novio cuando la conocí. Se llamaba Rubén y era cristalero. Estaba ensayando con él un cambio de rumbo que fracasó enseguida. No puedo con los artistas, me dijo. Te complican la vida y no sirven para nada.

Además del vendedor de muebles, que según ella no contaba, había estado con dos dramaturgos, un fotógrafo y un dibujante de cómics. Y después conmigo, que no sé muy bien qué era. Profesor. Eso seguro. Y guionista. Había trabajado en unas cuantas películas, algunas muy malas. Quería dejar de hacerlo para escribir una novela.

*

Los hombres y sus novelas, decía Jimena.

*

Yo también tenía novia: Natalia, la editora de moda. Estuve con ella dos años y medio y no me acuerdo de casi nada. Puede que sea injusto para Natalia, pero creo que la justicia tiene poco que ver con la vida. Sé por amigos en común que se casó, que tuvo un hijo con altas capacidades, que vive en el extran-

jero. Soñaba con ella estando con Jimena. En los sueños reparábamos astronaves —la huella de los textos de mis alumnos—, o nos lamíamos impetuosamente, o me regañaba. Me pedía que me afeitara, o que me subiera el tiro de los pantalones.

*

En el viaje de fin de carrera fueron a Praga y Budapest. Jimena no vio nada, pasó nueve días borracha en la nieve. Dormía dos horas por noche, comía Whoppers y patatas Lay's de receta campesina, desayunaba Tokai, un vino húngaro que le daba superpoderes. Superpoderes y alucinaciones, porque frente a la torre de la Pólvora, de madrugada, mientras un estudiante de Medicina le tocaba el culo, creyó ver a su madre a la luz de una farola. Llevaba un abrigo soviético y una gorra de propaganda de maquinaria agrícola que no pegaba en absoluto con el entorno. Me dijo que se acercó a ella y le preguntó en español cómo se llamaba. En una lengua que parecía eslava la mujer le dijo algo, no sabemos qué. Después se fue. Tiritando, Jimena se sentó a mear entre dos contenedores. Me dijo que se acordaba del río de pis derritiendo la nieve, que crujía.

Cuando el futuro médico quiso volver a besarla, Jimena le mandó directo a su hotel. Ella volvió al suyo dibujando diagonales mientras silbaba una canción que una de sus mejores amigas —Ana, me parece, o Sara— había convertido en la banda sonora del viaje. Era una canción italiana. Decía que todo el universo obedece al amor.

*

En ese momento yo estaba en Marruecos, creo. Había ido allí después de mi primera ruptura importante —no era Natalia, ni Jimena, no las conocía—. En las curtidurías de Fez, entre columnas fétidas invisibles, compré unas babuchas de cuero. Me acuerdo del hombre que me las vendió: parecía llevar allí desde la construcción de la madrasa en la que daban clase Averroes y Maimónides. En un castellano casi perfecto me pidió que comprase más cosas. Para tu padre, dijo. ¿No tienes padre? Dije no. ¿No tienes madre? Dije no. ¿No tienes hijos? Dije no. ¿No tienes mujer? Dije no. ¿No tienes hermanos? Dije no, soy hijo único. Eres el loco de la colina, dijo riéndose mientras contaba dírhams con unas uñas sucias de manchas de semillas de madroño. No me quedó

claro si lo decía por la canción de los Beatles o por el programa de Quintero.

*

Una anciana, no sé muy bien dónde pero durante el mismo viaje, me pidió que le leyera el prospecto de un paracetamol.

¿Es peligroso?, me preguntó en francés.

Le dije que no, que se lo podía tomar.

¿Te lo has tomado tú?

Le dije que sí, muchas veces.

Prométemelo.

Se lo prometí.

Más promesas, vaciadas en el tiempo como lamparones:

Te voy a querer toda la vida.

No voy a mentirte nunca.

Voy a dejar de fumar.

Voy a arreglar el calentador.

*

Durante diez o doce años viví de la herencia de mi padre. Es verdad que trabajé, pero casi todos los gas-

tos los costeaba gracias a lo que me había dejado: un piso de 175 metros cuadrados en el barrio de Nueva España, en Madrid; un apartamento de dos habitaciones en Benitachell, al norte de Alicante; una plaza de garaje; un BMW beluga marrón; dos cuentas, una en el Banco Santander (3.546 euros) y otra en la Caja Caminos (76.534 euros).

Dejó también, me acuerdo, un neceser cortesía de un turoperador en un viaje organizado. Allí encontré varias uñas suyas. Estaban duras y pinchaban. Las conté. Eran nueve. Quise tirarlas, pero al cabo de un rato, sin tener muy claro el porqué, las dejé donde estaban, sueltas, junto al cortaúñas, una brocha de afeitar, una maquinilla, cinco tiritas, un colutorio de viaje, un pedazo de piedra pómez de la posguerra y un paquete sin abrir de parches de fentanilo. Se los habían recetado en el hospital al ver que la quimioterapia ya no servía.

Al final se murió sin probar aquel compuesto químico, un derivado sintético del opio que años después acumularía portadas en la prensa sensacionalista con titulares como: FENTANILO: LA DROGA QUE MATÓ A PRINCE, EL GENIO PÚRPURA. Hasta para eso, pensé mientras le quitaba el precinto al medicamento, había tenido mala suerte.

Tenía dinero y necesitaba belleza, de modo que me dediqué a viajar a destinos exóticos y a comer en restaurantes caros. Viví dos años en Londres, donde no hice nada. Me compré una Vespa y una reproducción desproporcionada y hortera de un cuadro que está en el MoMA. Eso que decía Pessoa, lo de que el corazón, si pudiera pensar, se detendría. Yo me movía todo el tiempo para no pensar, que entonces para mí se parecía bastante a enloquecer o matarse. Dormía poco, de cuando en cuando me pegaba en el antebrazo izquierdo alguno de los parches, bebía todas las noches y pasaba mucho tiempo en el cine. También escribía. No sé cómo, la verdad. Y daba clases. En mitad de una sobre diálogos y punto de vista me quedé dormido. Estábamos viendo el principio de una película en la que había trabajado. De todo lo que he escrito en mi vida ese guion es lo único que leyó mi padre. Me dijo que se aburrió un poco al leerlo porque no pasaba nada, pero que aun así le gustó. Me acuerdo de aquellas palabras, y de las luces y las sombras proyectadas en la pizarra. Pedí disculpas y seguí hablando. Hablaba con las paredes, en anfiteatros llenos de fantasmas. A uno, puede que el mejor alumno de aquel curso, tengo la sensación de haberlo visto un par de

horas antes en el baño del *after* del que yo estaba recién salido. *Afters*, discotecas, productoras de cine y televisión, cafés, universidades, despachos de abogados y notarios, ya ni sé cuántos. Vivía en un sueño, o en el tráiler de una película en la que sí pasaban cosas, una de ritmo compulsivo y epiléptico. De la niebla de aquel delirio salió Natalia, que según mi terapeuta no fue más que un colchón, o un freno.

Y después llegó Jimena.

*

Estuvimos un año viéndonos antes de formalizar la relación. Lo digo así, en parte porque me hace gracia esa fórmula tan decimonónica —formalizar la relación— y en parte porque así me lo dijo, medio en broma, Jimena. Salíamos de ver una tragicomedia uruguaya en la Filmoteca, tarde. La conversación fue más o menos así:

Jimena: ¿Formalizamos la relación?

Yo: ¿No estaba formalizada?

Jimena: Yo creía que no.

Yo: Ah, pues la formalizamos.

Jimena: ¿Cómo se hace?

Yo: Se anuncia en Twitter. O en Instagram. O en el BOE. Viene un concejal y corta una cinta con unas tijeras.

Jimena: Y a envejecer y morir.

Yo: A envejecer y morir, sí.

Jimena: Juntos y de la mano.

Yo: Juntos y de la mano.

Jimena: ¿Cómo la quieres?

Yo: ¿El qué?

Jimena: La relación. ¿La quieres abierta o cerrada?

Yo: No sé. ¿Abierta?

Jimena: Vas a salir perdiendo.

Yo: Tienes razón. Cerrada, mejor.

Jimena: Mejor.

Yo: ¿Nos casamos?

Jimena: Claro.

Yo: ¿Cuándo?

Jimena: Mañana.

Yo: Mañana tengo que ir al fisio.

Jimena: Pues pasado. ¿Cuántos hijos quieres?

Yo: Diecisiete.

Jimena: ¿No son pocos?

Yo: Sí, ¿no?

Jimena: Poquísimos.

Yo: ¿Cuarenta?

Jimena: Cuarenta me parece un número razonable.

*

En el futuro hablamos en serio de tener hijos. Jimena no quería. Yo sí.

*

Los motivos de Jimena para no tener hijos:

Quiero crecer profesionalmente.

Quiero viajar.

Quiero mantener mi peso.

Quiero que sigamos follando.

Quiero ser libre.

Quiero poder improvisar.

Quiero tener dinero.

Quiero controlar mis emociones.

Quiero sortear el abismo de las reuniones de padres.

Quiero dormir.

No quiero hablar en un parque con desconocidos.

No quiero ser odiada por alguien a quien amo —con esto siempre pensé que se refería a nuestro

proyecto de hija, o de hijo, aunque también puede ser que estuviera hablando de mí.

Los míos para tenerlos:

Una imagen torcida, idealizada y postraumática de la palabra *familia*.

*

Se me mueren los cactus, decía. ¿Cómo voy a ser una buena madre?

Después, con insistencia, me preguntaba por la mía. Quería saber cómo era. Yo le decía que no me acordaba.

*

La hipótesis más evidente: un niño que a los siete años pierde a su madre se dedicará con toda probabilidad a buscarla en cada una de sus parejas futuras. Y también: una niña que a los nueve años pierde a la suya hará lo mismo o algo parecido por el otro lado.

Interpretamos esos roles por turnos. Lo hacíamos mal, creo. Yo sobre todo. Si nuestra relación fuera una serie me vería en muchos capítulos sobreactuan-

do, como un actor de telenovela. Una telenovela rara, en la que no sucede gran cosa.

*

A Jimena le gustaban las telenovelas, aunque me dijo que su género favorito era el docudrama. El arte de abordar hechos reales con técnicas propias de la ficción, esa mezcla tan socorrida entre lo verdadero y lo falso que a menudo derivaba en otro género al que pusimos el nombre de comedia involuntaria. A veces me pregunto si no será un docudrama esto que estoy haciendo ahora, cuando escribo.

*

En cuanto salió de la escuela se puso a trabajar en una productora. Le prometieron que desarrollaría películas y series para diferentes plataformas, pero los primeros años los pasó empantanada en labores de producción, que es el nombre que daba su jefe a todo lo que hacía tras haberla convertido, en la práctica, en su asistente personal. Era un imbécil hipomaniaco y ludópata del que no vale la pena decir mucho más. Jimena lo odiaba. Odiaba a su jefe

y odiaba su trabajo. Pero no la oí quejarse. Por lo menos al principio. Se despertaba la primera y se acostaba la última. Sigo sin saber de dónde sacaba la energía. De la juventud, a lo mejor. O de la espirulina que mezclaba con los dos yogures del desayuno. Yo a esas horas estaba durmiendo. Entre sueños, la oía moverse por las oscuridades del cuarto. Buscaba una camisa, la cartera, las llaves, algo. La mayoría de las veces lo llevaba encima. Jimena tenía una memoria pésima. Era muy despistada. Y muy generosa. Y muy lista. Y muy divertida, si quería. Algo que no he dicho: la admiraba. Por los textos que escribía y por los que tuvo que dejar de escribir para pagar su parte del alquiler. Odiaba, o temía, más bien, los umbrales. Le costaba atravesar puertas, decirles adiós, incluso provisionalmente, a los espacios que habitaba.

*

Los domingos hacíamos intercambio de cadáveres. Yo leía lo suyo. Ella lo mío. Comentábamos los textos. Bebíamos vino. Todo muy francés y un poco asqueroso, la verdad. No sé, a mí me gustaba.

La fui queriendo así, a través de las palabras. Las

que escribía pero sobre todo las que iba encontrando subrayadas en las páginas de sus libros.

Nos leíamos de todo, no solo lo nuestro: cosas de Didion y de Vila-Matas y de Marianne Moore y de Lorrie Moore y de Esther García Llovet y de Rachel Cusk y de Zambra y de Jennifer Egan, reseñas de Tripadvisor y comentarios de YouTube y de Yahoo Respuestas. Decíamos que ahí, en ese pandemónium disparatado, estaba el futuro de la literatura.

¿Y el futuro del cine? ¿En TikTok, que no existía?

Me acuerdo de una crítica que leímos antes de visitar el Thyssen. «Lo mejor, los baños», decía. Jimena me dijo que no pensaba abandonar las instalaciones sin haberlo comprobado.

Follamos en silencio en el baño de minusválidos.

A ella, que estuvo arriba, en la pila, le salió un moratón en el coxis. Yo me fui de allí con molestias en los antebrazos y una parafilia eterna vinculada con los espacios públicos y el arte contemporáneo.

A la salida, quizá para disimular, o asaltado por el espíritu de la vieja culpa cristiana, compré un póster en la tienda de regalos. Era una reproducción de un cuadro de Louise Moillon titulado *Bodegón con frutas y verduras*. Feísimo. El cuadro no lo sé, pero el póster

seguro. Lo clavamos con chinchetas sobre el cabecero de su cama. No vivíamos juntos todavía.

*

Otra vez hicimos jabón. Yo no quería, se empeñó Jimena. Vino a casa con un chándal noventero y una bolsa de tela cuyo contenido parecía sacado de una foto de las que les hacen a los policías cuando encuentran droga: un kilo de perlas de sosa cáustica, una báscula, cinco cucharas medidoras, una botella de aceite usado, dos moldes de silicona, una sierra de hilo. Se remangó, sacó de un armario un par de guantes de fregar y se los puso al tiempo que se adueñaba de la cocina. Por allí se movía mientras yo calentaba la leche del primer café de la mañana.

Una invasión como esa me habría molestado de otra persona. Jimena, en cambio, lo hacía todo con elegancia, que es lo mismo que decir que lo hacía todo como si todo fuera igualmente importante.

Tenía unos ojos imantados y verdes y bellísimos. Un pelo betún que siempre le quedaba bien, por muy deprisa que se lo cortara. Le cansaba que todo el mundo le dijese lo guapa que era. A lo mejor por eso he tardado tanto en decirlo. Los brillos

del patio interior le pintaban órbitas de luz en la cara.

Esa mañana de sábado que pasamos haciendo jabón en la cocina de mi apartamento es uno de los recuerdos más hipnóticos de nuestra vida en pareja. Ver así a Jimena, pesando las cantidades con la precisión de un relojero, removiendo la mezcla mientras silbaba alguna cosa de un anuncio de la tele.

*

En siete años compartimos dos apartamentos. El primero estaba frente a una piscina cubierta en la que se impartían clases de natación durante diez horas al día. La cocina daba a un patio por el que trepaban los efluvios de sus instalaciones. Siempre que abríamos las ventanas, la casa entera olía a cloro. Nunca me pareció un olor desagradable. Al contrario: me hacía pensar en los veranos en el pueblo, en tajadas mordidas de fruta y tapas de yogur Danone. Por las mañanas oía gritar a los niños, con esa ecualización tan rara que tienen los polideportivos, y aquello tampoco me molestaba. A Jimena sí. Me lo dijo más tarde. ¿Por qué no me lo dijiste antes?, le pregunté. Porque estábamos empezando

y no quería que me vieras así. ¿Así cómo? Así como soy, dijo.

*

Recuerdo también algunas broncas y algunas maneras de pedir perdón. Alguien invitó a alguien a un restaurante carísimo. Alguien escribió una larga nota de disculpa en una camiseta blanca. Alguien clavó las dos rodillas en las baldosas hidráulicas del cuarto de baño. Alguien llevó a alguien a ver un lago y truchas y una montaña.

*

Después de una discusión por el tema de los hijos encontré un poema en un cuaderno amarillo pautado idéntico al que había tenido su madre. Fue de los pocos que escribió Jimena mientras estaba conmigo. Lo copio en su totalidad no porque lo recuerde sino porque antes de cerrar el cuaderno le saqué una foto con el móvil. Se me apareció por sorpresa unos años más tarde. Era la primera cuenta en ese rosario visual que los diseñadores de Apple habían decidido llamar, en una muestra de falta de

imaginación —y también, creo yo, de vergüenza—, «tus recuerdos».

«Me hablas de una casa con olor a leche de
[fórmula
y tractores de juguete con los que tropezar
y abrirse la rodilla en dos mitades idénticas
pero yo no sé
no lo sabe nadie
ni el traumatólogo
cuál de las dos mitades es la buena.»

*

Discusiones, y en más de una ocasión discusiones con gritos y portazos: a Jimena le parecía normal, por lo menos al principio. Se había criado en un ambiente tan acomodado como tóxico, a dos minutos andando de mi casa —y no nos conocíamos—. Me acuerdo de una mesa rectangular de granito negro Galaxy que llenamos de cicatrices. ¿Follando? No, discutiendo. Discutiendo y follando.

*

Algo que decía Jimena sobre las relaciones: No me gustan, no les acabo de ver el sentido, pero desde que cumplí dieciséis años no he pasado más de un mes sin estar metida en una.

*

Una noche, mientras dormía, se le inflamó la mitad izquierda de la cara. Fuimos a urgencias, donde un médico miedoso, desagradable y machista le recetó Urbason. Seguramente no sea nada, dijo mirándome a mí. Ya sabe usted cómo son las mujeres, dijo.

Quitando aquel incidente, que se resolvió enseguida, la enfermera era ella. Mi genética es triste y defectuosa. Tengo psoriasis, bruxismo, vértigos, una bursitis en el hombro que no desaparece. Siempre estaba enfermo de pequeño. Puedo recitar de memoria una lista de medicamentos de finales de los ochenta. Los he probado todos: Clamoxyl, Primperan, Buscapina, Jantoven, Actromadol. Me acuerdo de un remedio primitivo y particularmente inútil contra la gripe con el que mi padre se ofuscó durante un tiempo. Consistía en taparme la cabeza con una toalla y arrimar mi nariz al vapor que desataba una cazuela con agua hirviendo. A veces metía plantas en el

agua: pino, eucalipto, romero. Hacer vahos, lo llamaba. Jimena también los hacía, cosa que me sigue sorprendiendo. Ella siempre estaba sana. Imagino que, siendo dos y siendo yo el débil, alguien tenía que ocuparse de mí. Nadie, nunca, me ha cuidado tanto y tan bien. ¿Sucedió lo mismo al revés? ¿Se sintió Jimena cuidada cuando estábamos juntos? Habría que preguntarle a ella, pero sospecho que la respuesta corta es no.

*

A mí me habría gustado ser un poco más su amigo, aunque la verdad es que tampoco hice nada para serlo. Había, de pronto, poco diálogo entre nosotros. Y poco sexo, menos todavía. Mientras buceábamos desde la cama en un sumidero de contenido audiovisual yo me preguntaba cómo sería follar con otras mujeres —con otras no, con algunas en concreto: la profesora de yoga, la actriz, las actrices, la de la farmacia, una alumna nueva—. ¿Qué pasaba, en ese tiempo, en la cabeza de Jimena? Lo mismo, casi con toda seguridad. O no, qué sabemos. Algunas veces, sin querer, o sin saber evitarlo, me convertía en su padre. Le daba consejos acerca de su futuro profesional —ya escribía cosas en la productora: sinopsis,

memorias, tratamientos, textos de naturaleza difusa—, me preocupaba por sus ataques de llanto y de ira, le hacía la declaración de la renta. Otras veces era su hijo, un hijo en edad adolescente. Volvía de día, borracho, triste o eufórico, en más de una ocasión con pupilas monumentales pintadas en la cara, me parapetaba detrás de una puerta durante horas. Después de una noche de sábado en la que me metí con un amigo guionista unas cuantas rayas de cocaína, Jimena me llevó a la plaza Mayor, me compró un bocadillo de calamares y me preguntó qué pasaba. Era Navidad, me acuerdo, había gente con bolsas de El Corte Inglés y diademas con cuernos de reno. No pasa nada, dije, y ella, en lugar de escandalizarse, que es lo que casi siempre hacía, me preguntó si me quedaba droga. Quería probarla, dijo. Estuvimos por lo menos media hora discutiendo sobre el tema. A mí me quedaba algo, poco, lo llevaba todavía en el bolsillo, pero no quería drogarme ni muchísimo menos que se drogara Jimena. No eres mi profesor, dijo. No eres mi padre, dijo. Eres mi novio y quiero drogarme contigo. En el baño del bar, encima de la cartera, que a su vez estaba encima de la tapa del inodoro, volqué el contenido de la bolsa. Salieron dos rectas muy delgadas, una para cada uno. Lo pasamos bien aquel día.

Quizá debería narrarlo con un poco más de detalle, pero el relato de la felicidad es esquivo y cuando se cuenta desde el futuro suele acabar dando pena, creo. Terminamos en un karaoke dominicano en la colonia del Pico del Pañuelo. Yo canté una de Las Grecas, Jimena esa italiana que había sido la banda sonora de su viaje de fin de carrera. Después bajó del escenario, se bebió dos chupitos de Jäger y se puso a llorar. La canción le recordaba a su madre. Nos abrazamos. Le sugerí que nos fuéramos a casa y me dijo que no, que no tenía sueño, ni pena, que tenía hambre. Quería desayunar churros con chocolate. Pero no en San Ginés, que era de guiris, o de paletos, dijo, en Vallecas, en el bar Antonio.

*

Después de aquella noche se convirtió en una especie de organizadora del hogar, y entonces yo la odiaba. Dejamos de reírnos juntos de nosotros mismos y de los demás, de hablar de literatura, de arquitectura, de vidas posibles, de cine. No digo que fuera culpa suya, digo que así sucedió. Pasábamos horas discutiendo por el diseño de las fundas de los cojines, la temperatura de la luz de todas las bombillas del

apartamento, la limpieza de las dos alfombras, la del salón y la del baño, la manera correcta de programar una lavadora, el orden en el que había que colocar las copas de vino, una amalgama confusa de conceptos que agrupábamos —ella agrupaba, imitando el título de una sitcom de los noventa— bajo el nombre de *Cosas de casa*. Una noche le dije que me aburría. Entre las causas de mi aburrimiento, además de todo lo que acabo de contar, estaba la influencia más o menos venenosa de la literatura. Me acuerdo de leer dos novelas seguidas que hablaban de amor —o eso decía la contraportada—. Me acuerdo de pensar, al leerlas: Si esto es el amor, ¿qué puta mierda es esto que tenemos aquí? Por supuesto, las novelas eran malas. Comparando su contenido con eso que llamamos vida me comportaba como un imbécil, o un crío. Jimena lloraba. Yo no. Luego sí, luego lloraba también, lloraba más. Decidimos pasar un tiempo separados. Yo me fui al sur, supuestamente a pensar y a terminar una novela. Me alojé en un Airbnb que anunciaban como Varadero Dreams, aunque no se parecía en nada a Varadero ni a ningún sueño distinto de una pesadilla. Jimena se quedó en casa. Dejó de fumar, perdió siete kilos, se rizó el pelo, aprendió a tocar la armónica. Algunas noches me mandaba melodías por

WhatsApp. Yo las escuchaba mientras salía a correr por un paseo marítimo destartalado y vacío —estábamos en octubre, a finales—. De vuelta en el apartamento, cuya única decoración consistía en una lámina de Botero y un cuenco de IKEA con mandarinas, abría una cerveza y me ponía a escribir. Decir escribir es decir mucho. Lo que hacía la mayor parte del tiempo era rellenar un par de cuartillas en paralelo. En la primera, encabezada, en mayúsculas, por la palabra SÍ, apuntaba los motivos a favor de seguir con Jimena. En la segunda, la del NO, los motivos en contra. Me da muchísima vergüenza referirme aquí a esta conducta insensible, trasnochada y ridícula, pero Pedro Salinas, no el poeta sino un profesor mío que se llamaba así, me dijo una vez, en la escuela de cine en la que sería yo mismo profesor años más tarde, que solo valía la pena escribir sobre aquello que nos daba vergüenza o miedo. Era un buen hombre y un buen profesor. Un domingo de primavera le reventó el corazón en el andén de una parada de la línea siete —Antonio Machado, curiosamente, un poeta al que sí conocía en profundidad, no como a su tocayo, a quien se negaba a leer por motivos poco claros—. Sea como sea, ganó el sí. Salí a celebrarlo solo a una hamburguesería. Me pedí una doble con queso y un re-

fresco indigesto y dulzón. El local me hizo pensar en uno al que me llevaba mi padre de pequeño, una franquicia en cuyo interior, un sucedáneo de vagón de ferrocarril antiguo, servían aros de cebolla, palitos de queso, manantiales de Sprite y de Coca-Cola y costillas con salsa de bourbon —las que pedía mi padre— o barbacoa —las que pedía yo—. El libro que tenía entonces en la cabeza nunca llegó a nada. A veces pienso que desapareció allí, entre las barcas a pedales y la loneta sucia de las tumbonas. Llamé a Jimena. Le dije que quería verla y que mi vida era mejor a su lado. Ella me dijo que lo que me tenía que decir prefería decírmelo en persona. ¿Cuándo?, le dije. En quince días, me dijo. Por favor, dame quince días.

*

Estuve borracho, o un poco borracho, los quince días. El propietario del apartamento, un director de cine que estaba rodando una película experimental con cámaras térmicas en una selva remota, había escondido en el altillo una caja de doce botellas de moscatel. Agarraba una, bajaba todas las persianas, apagaba el teléfono.

Me quedaba dormido en mitad de frases sacadas de libros cuyos títulos no recuerdo. Las frases sí. Una: «Los jemeres rojos prohibieron las gafas y el matrimonio por amor». Otra: «Hay que pintar de espaldas al viento, si no los ojos se llenan de arena». O me quedaba dormido mirando videos de cocina y porno amateur y documentales para tele. Me acuerdo de uno muy malo protagonizado por un alcohólico. Había sido nadador y tenista. Decía que el alcohol era como el abrazo de un oso en una noche de invierno. Otro poeta, el borracho. Murió solo. Bueno, no. Le acompañaba una voz en *off* doblada en esa lengua que llaman español latino y que no ha hablado nadie nunca en ninguna parte.

*

Iba a la playa. Me congelaba, volvía, me sentaba a escribir frente a una mesa de metacrilato y chapa. Pensaba en Jimena. Algunas noches intentaba follar.

*

Estaba a punto de volver a Madrid cuando conocí a la mujer de hielo. Un verano escribí un relato en

el que, para no desvelar su identidad, la llamaba así. Ahora que ha pasado tanto tiempo de todo la llamo por su nombre: Nuria. Repartía hielo con una furgoneta a los bares de la zona. Era una Berlingo plateada en la que se leía, en letras a medio derretir, como hechas de nieve o de crema pastelera, el nombre de la empresa: GLACIAL, S. L. Vendían hielo en cubitos, hielo en escamas, hielo picado, hielo *nugget*.

¿Qué haces leyendo?, dijo al verme. ¿Te pasa algo? ¿Estás malo?

Estábamos en un chiringuito con forma de pirámide. Allí se habían grabado, en los ochenta, varias escenas de una conocida serie infantil. Algunos miembros del equipo se habían quedado en el pueblo. Ahora eran abogados, cantantes melódicos, auxiliares de enfermería, monitores de tiempo libre. Nuria era una. La más pequeña, la rubia. Había fotos suyas por todas partes. Entre las mesas de plástico. Frente a la barca en cuyas brasas asaban las sardinas.

Me contó lo del hielo y me preguntó qué leía. Era una novela bélica de casi novecientas páginas. Leerla estaba siendo un arduo desplazamiento militar.

Nadie lee, compañero, dijo. Lo nuestro es una batalla perdida.

Nos sentamos juntos y la invité a un doble de cer-

veza —tanque, lo llaman allí, utilizando una terminología castrense que no he llegado nunca a entender del todo—. En el tríceps izquierdo se le desteñía un tatuaje. Era un nombre de varón y una fecha en números romanos. No sé por qué le dije que yo también tenía uno.

Encontré en su aliento restos de azafrán y colorante. Yo había comido lo mismo: un arroz infame recocido. Es lo que suelo pedir en los sitios de playa. Estaba asqueroso. Me encantaba.

Lo que le encantaba a ella, dijo, además de bañarse de noche en el mar, era leer. Leía a cualquier hora. Libros gordos, a ser posible. Tenía presbicia. Se había apuntado a un taller de lectura y escritura que una estudiante de Filosofía impartía los miércoles en un centro cultural.

O sea que escribes, dije.

Por entretenerme, dijo ella.

A mí la respuesta me pareció interesante. Desde luego más que muchas de las que había subrayado en revistas literarias, esas que aluden a sufrimientos indecibles, pulsiones, mandatos poco menos que divinos.

Vente un día, dijo.

¿Adónde?

Al taller. A lo mejor te gusta.

Puede ser, dije. Gracias.

Nuria estaba escribiendo una novela histórica. Lo hacía de noche, sentada a la mesa de la cocina, en cuya madera se afianzaban surcos planetarios por culpa de los culos de tazas y tazas y tazas y tazas de café. Era la historia de un alfarero ciego en la Málaga del siglo XII, bajo dominio almohade.

Todo esto me lo contó después, cuando fuimos a su casa. Vivía en uno de esos armatostes setenteros del paseo marítimo, esos que tienen nombres como ALBATROS II o BALCÓN DE ANDALUCÍA. El apartamento olía a leche y polvos de talco. El suelo era de loseta. Estaba frío. Lo sé porque Nuria me obligó a quitarme los zapatos y los calcetines. Compartía esos cincuenta metros con una gata que me pareció antipática. En cuanto me vio llegar corrió a esconderse detrás de un ventilador de pie que estuvo dando vueltas hasta la madrugada.

Antes de meternos en la cama le pregunté si tenía un cepillo de sobra. Sí que tenía, el del novio, o el del ex, supuse, verde y eléctrico, sin estrenar. Pero el gesto debió de parecerle irrespetuoso y dijo que no.

Follamos a oscuras. Deprisa, como si estuvieran llamando a la puerta los bomberos.

Me acuerdo de que no se quiso quitar la parte de arriba. Pensé que tendría frío, o cáncer de mama. Lo del cáncer me recordó a mi madre. Para sacármela de

la cabeza, cerré los ojos y apreté con determinación el cuello de Nuria. Decía que le gustaba que le hicieran daño, sobre todo los desconocidos.

Al terminar, me quité el preservativo y lo mantuve en la mano derecha, entre el pulgar y el índice, alrededor de quince segundos.

Déjalo ahí, dijo ella, mientras, al tiempo que señalaba el suelo, me ofrecía una botella de agua con la cabeza de Dumbo haciendo de tapón. Tenía una hija, un hijo, algo. No sé, no le quise preguntar.

Eres un mentiroso, dijo.

¿Por qué?

Porque no tienes.

¿No tengo qué?

Tatuajes.

Tenía uno, pero me lo borré con láser, mentí.

Le dije que era una jaula. Que en la jaula había un pájaro, una tórtola.

Follamos de nuevo, tarde, entre los alaridos de un vecino senegalés cuyas discusiones telefónicas se colaban en todo momento por el patio de luces. Después, escurriéndome con suavidad, le hice un nudo al preservativo y lo dejé en el suelo junto al anterior. Me agaché a por el primero y le hice un nudo parecido. Desnudo, cogí los dos preservativos, los envolví en

una especie de cataplasma de papel higiénico y tiré el montón a la basura.

Mientras Nuria y la gata roncaban al tiempo, acompasadas, me acordé de un documental sobre una bailaora flamenca que acababa de ver. «El baile es un laberinto de muchas puertas —decía la bailaora durante la entrevista—. Detrás de una hay brillantes, detrás de otra hay zafiros, detrás de otra hay esmeraldas, detrás de otra hay trampas, detrás de otra hay venenos. Pero puedes elegir cualquier puerta porque hagas lo que hagas, si lo haces a tiempo, al compás, terminarás en el mismo sitio y estará bien.»

*

Desayunamos juntos en el bar de la esquina. Un pitufo mixto y un café. No pagó nadie, nos invitaron. A Nuria la conocía todo el mundo por lo del hielo.

Cuando nos estábamos despidiendo me di cuenta de que había olvidado el libro en su casa. La novela bélica, la de las novecientas páginas. Ahí se quedó para siempre, imagino, en el momento en que las potencias del Eje estaban evacuando Sicilia.

*

Pedro Salinas, el único profesor al que recuerdo con cariño de aquellos años, me dijo una vez que, bajo su punto de vista, la línea que separaba ficción y realidad era una línea imaginaria, que en el fondo era todo lo mismo, una mezcla de ambas, una especie de tierra de nadie que tuvo la ocurrencia de llamar —si bien el término encontró escaso éxito entre los círculos académicos— aguas internacionales. Me lo dijo porque en ese momento yo estaba escribiendo una película de las que llaman autobiográficas. La película hablaba un poco de mí y un poco de la muerte de mi padre, y por eso me parecía imposible que alguien supiera más de ella que yo. Esto no me lo creo, decía Pedro, a lo que yo respondía, cada vez más irritado: me da igual que no te lo creas porque a mí me pasó.

Ese mismo argumento le vi utilizar más adelante a Jimena. Estábamos en casa y me había dado algo para leer. Era un texto enmarañado que me puso de mal humor.

Dije lo mismo que Pedro. Esto no me lo creo. Y también: No entiendo a los personajes. Esto lo has copiado de la obra que vimos el sábado con tu padre. Esto está lleno de lugares comunes. Esto no me lo puedo tomar en serio. Esto no sé qué quiere decir.

Discutimos. Jimena me dijo que no hacía falta ser tan cruel. Yo le pedí disculpas. Había tenido muchas horas de clase y me dolía la cabeza. Me dolía también una vértebra junto al corazón —venía de que me extirparan con cirugía, semanas antes, un lunar maligno en el pecho—. No tendría que haber leído nada suyo aquel día, eso seguro.

Jimena contratacó en otro momento, cuando le dejé sobre la mesa de la cocina, encuadernado en espiral, el borrador de mi primera novela. Tardó varios días en responderme, y lo hizo solo porque yo se lo pedí. Ah, sí, dijo. Me ha gustado. No está mal. Tampoco es que tenga mucha profundidad, pero es entretenida. No está mal, repitió antes de preguntarme si quería un cartón de leche de avena o dos, porque estaba a punto de salir a comprar.

*

Tenía razón. La novela era entretenida, sin más. Y ni siquiera. Pasaban cosas. Yo qué sé. La escondí en un táper transparente al fondo del cajón más alto del armario, junto a un bote de barniz del inquilino anterior y las instrucciones de los electrodomésticos.

*

Algunas palabras tristes que se dijeron en el transcurso de otra discusión, la más áspera de todas, una de la que ninguno de los dos —estoy seguro— habría querido formar parte:

No me gusta la persona que soy cuando estoy contigo.

No me gusta este papel.

¿Qué papel?

El papel de la mujer que espera al hombre.

Yo no te he pedido que me esperes.

Pero es lo que hago.

No te importa lo que escribo.

No te importa lo que pienso.

No sabes quién soy.

Sí lo sé.

Eres una persona muy orgullosa.

Y tú eres una persona muy egoísta.

Y bastante mediocre, la verdad.

Esa es tu opinión.

Te parecía muy válida cuando decía que escribías muy bien.

¿Quién eres tú para hablar con esa soberbia?

¿Quién eres tú para hablar desde ese púlpito?

Lo del púlpito es cosa tuya.
Yo no me he subido a un púlpito en mi vida.
No quepo, está siempre ocupado.
Me haces sentir como una mierda.
Eso no es culpa mía.
No me dejas crecer.
Todo el mundo tiene la culpa de todo menos tú.
Tú no haces otra cosa que mirarte el ombligo.
Eso me lo has dicho muchas veces.
Te lo vuelvo a decir.
El mundo no gira en torno a ti.
Eso también me lo has dicho.
Me sacas de mis casillas.
¿Qué dices?
¿Quién te escribe las frases?
¿Qué mierda de frase es esa?
Siento no estar a la altura de las frases que te gustan a ti.
¿Por qué no te vas a tomar por el culo?
¿Por qué no te vas tú?
Estoy hasta los cojones de ti.
Estoy hasta el coño de ti.
Me estás jodiendo la vida.
Eso que acabas de decir es bastante ruin.
Eso que acabo de decir es verdad.

¿Me quieres decir algo más o me puedo ir?
Vete de una puta vez.
Eres un egoísta.
Y un hijo de puta.
No te soporto más.
Joder.
Perdón.
Te estoy pidiendo perdón.
Te he escuchado la primera vez.
Pero no te voy a responder.
Ni ahora ni nunca.
No quiero hablar contigo.
Hablar contigo no sirve de nada.
Hablar contigo es como hablar con una loca.

*

Miedo. Vergüenza. Una vergüenza que invita al miedo.

*

El efecto nuclear de las palabras. Su onda expansiva. Nos perdíamos en ella y nos perdíamos en la idea de tiempo. Como esos niños que preguntan,

antes de que arranque el tren, si han llegado a su destino.

Me acuerdo de uno en un viaje que hicimos juntos a Salamanca. Estuvo llorando todo el trayecto. Al final, a la desesperada, gritaba: Salamanca, Salamanca, ven. Su madre le dijo que Salamanca no podía venir, que tenían que ir ellos a Salamanca. El niño le preguntó por qué. Le dije a Jimena que me parecía un existencialista. Ella me dijo que no, que era un científico, que proyectaba vectores y universos alternativos.

*

Se conocieron en la productora en la que trabajaba Jimena. Estaban escribiendo juntos un proyecto de serie para Netflix. La serie iba de una sorda que rescataba de un safari a una cría de león. Intuyo que ninguno de los tres —ni Jimena ni él ni yo, después de que me lo contaran— tenía claro si la serie era comedia o drama.

Habían pasado cuatro noches juntos. Tres en la casa de él, que se llamaba Javier, Javi, una en la de Jimena, la nuestra.

Escuché la historia en silencio, sentado en uno de los taburetes altos de la cocina.

«¿Por qué escalas montañas? —le preguntaron en cierta ocasión a un alpinista famoso. Y el hombre dijo—: Porque están ahí.»

*

Otras personas que estuvieron ahí, igual que Javi.

Dos, por mi parte.

Nuria, la mujer de hielo.

Y una enfermera del Gregorio Marañón a la que conocí en una fiesta de disfraces. Yo iba de cavernícola y ella de Jackie Kennedy. Follamos en el NH de Paseo de La Habana. Me acuerdo de la pegatina que habían puesto en el espejo del baño para invitar a los clientes a que ahorraran agua. Era el dibujo de un globo terráqueo con un grifo roto a la altura del Índico, un planeta que llora.

*

Jimena: Álvaro, el último de sus ex, el dibujante de cómics, una noche que yo estaba con los pies descalzos pisando arena de playa, en la boda hippie de un conocido. Dos en total, sumando a Javi.

*

Y además, otras cosas. Cosas más complejas que el sexo —que algunas formas más o menos elementales que a menudo adopta el sexo, quiero decir—, o por lo menos más difíciles de interpretar.

*

Creo que me gusta, dijo Jimena.

Ya me imagino, dije yo. Si no te gustara no te lo follarías.

No me estás entendiendo, dijo. Quiero decir que me gusta de verdad.

*

Lo que me llevé la primera vez: cuatro maletas llenas. Una lámpara dorada. Una lámina con un globo aerostático flotando en el cielo. Toallas. Una tostadora. Una caja de condones con las esquinas desgastadas. Un ficus que no acababa de morirse. El casco de la moto. Una esterilla. Velas. Cinco botes con especias: canela, cúrcuma, zumaque, chile ancho, ras el hanout. Cajas. Y libros, sobre todo,

libros en bolsas de rafia de supermercado. En las bolsas, que prácticamente tapaban el suelo, un equipo de diseño había serigrafiado cerezas. La luz de la mañana se colaba por el vano creando un efecto óptico que a mí me habría recordado, en otro momento, con otro ánimo, quizá, a un jardín en primavera.

*

Nunca fuimos tan sinceros el uno con el otro como cuando nos estábamos despidiendo. Y cariñosos. Todavía me acuerdo del abrazo de resurrección que me dio Jimena cuando casi me derrumbo en medio del pasillo, frente al estropicio de la mudanza. ¿Quieres dar un paseo?, dijo.

*

Me mandó varios textos mientras estuvimos separados. Uno por uno fueron apareciendo en el vestíbulo sin forma de mi correo electrónico.

*

En el primero salía ella, o alguien muy parecido a ella, discutiendo con un novio adolescente en la cola de una heladería. Te quiero mucho, le decía. Eres el amor de mi vida. Pero me has engañado. Hemos venido hasta aquí porque me has prometido que había crepes. En invierno hay crepes, decía él. Sí, pero ahora estamos en verano, decía ella. No hay crepes. Hay helados. No quiero helados, quiero crepes. Hay granizados. No quiero granizados, quiero crepes. Hay gofres. Ya lo sé, pero yo, amor, quiero crepes.

*

El segundo era una separación en clave de comedia.

*

El tercero era una separación en clave de drama.

*

El cuarto era una separación en clave de terror.

*

El quinto era un sueño. En el sueño había una playa y un hombre. La arena de la playa era escarlata y el hombre era su padre. Le habían diagnosticado cáncer de riñón. En el sueño no, en la vida.

CINE - ENSAYO

El 25 de enero de 1896 se estrena en París la película de los hermanos Lumière *La llegada de un tren a la estación de La Ciotat*.[1] Se trata de un plano fijo de menos de un minuto que hace honor al título. El tren llega. Sube gente. Baja gente. Alguien incluso, en una especie de clímax involuntario, tiene tiempo de mirar con recelo al ojo de la cámara.

Durante más de cien años, críticos y cineastas de todo el mundo han contado la historia de cómo el público huía de la sala durante la proyección por temor a ser atropellado. Así lo narra Andréi Tarkovski en *Esculpir en el tiempo*: «A medida que el tren se acercaba empezó el pánico en el teatro: la gente salta-

1. De aquí en adelante, todas las películas citadas aparecen con el título de su estreno en España.

ba y corría. Ese fue el momento en el que nació el cine; no fue simplemente cuestión de técnica o de una nueva forma de reproducir el mundo. Lo que resultó fue un nuevo principio estético».

El relato, según ha demostrado la historiografía, es falso: un mito fundacional, o un truco publicitario. ¿Cómo iba nadie a dejarse engañar por una película parpadeante, granulosa y muda? Hoy nos costaría creer semejante muestra de ingenuidad por parte de los espectadores. Sin embargo, comenta el director español Carlos Vermut, el ejercicio de abstracción al que nos entregamos cuando reímos, o lloramos, sabiendo que los personajes no existen, que en esa tierra de nadie llamada fuera de campo crecen focos, micrófonos y técnicos vestidos de luto, es muy parecido a ese. Dice Abbas Kiarostami que, si por él fuera, todas las pantallas de cine del mundo estarían encajadas entre dos flechas resplandecientes de neón amarillo. Así sabríamos que lo que vemos allí es siempre —incluso en el género documental— mentira. Creemos en ello porque queremos creer.

Ese pacto tácito entre autores y espectadores lo definió a principios del siglo XIX, hablando de literatura, Samuel Coleridge. Es la suspensión de la incredulidad: un acuerdo de renegociación constante y

equilibrio precario. Sobre todo en el cine, a quien por su naturaleza de hijo de la fotografía se le pide, pese a estar únicamente compuesto de manchas y psicofonías, mucha más impresión de realidad que a un cuadro o a una novela.

Tiene siete años y quiere creer. Su madre acaba de morir. Se lo dice su padre en el dormitorio principal del apartamento de sus tíos. Descubre en su antebrazo izquierdo, mientras se lo dice, una variz que hasta entonces le había parecido una vena sana. No le dice: Tu madre acaba de morir. Le dice: Tu madre se ha ido. ¿Adónde? Lejos. ¿Adónde?, repite. Al cielo. Eufemismos, en ambos casos. Carreteras secundarias. Ficciones.

A partir de aquel momento —«Este es un momento / pero has de saber que otro / te atravesará con una repentina alegría dolorosa», dice T. S. Eliot en *Asesinato en la catedral*— empieza a ver películas: una, dos, tres, cuatro por día. Las ve compulsivamente, de rodillas sobre una alfombra con estampado geométrico que sigue viva hoy, enrollada en un trastero en el que Erlinda, la mujer que cuida de él durante su infancia y pubertad, almacena fotos de un arrozal en Ilo-Ilo, helechos artificiales y ejemplares prehistóricos de la revista *National Geographic*. Se acuerda de la alfom-

bra porque sobrevive a una rotura en un conducto que inunda de aguas fecales la mitad de los trasteros y toda la sala de calderas. Las cintas, más de cuatrocientas y todas numeradas, se destruyeron. Eran VHS del decomisos de la esquina. Las películas estaban grabadas en LP (Long Play), un sistema que permitía doblar la longitud de la cinta. Cabían tres y hasta cuatro películas por cinta, y casi todas pertenecían al programa de La 2 *¡Qué grande es el cine!* Allí estaban, en una lista que recita de memoria, como hacía su padre con los reyes godos, *La palabra, El séptimo sello, Cantando bajo la lluvia, El buscavidas, Trono de sangre, Grupo salvaje, Vértigo, Centauros del desierto, La diligencia, Testigo de cargo, El intendente Sansho, Milagro en Milán, Rocco y sus hermanos, El bazar de las sorpresas, Adiós, muchachos, Umberto D., Código del hampa, La escalera de caracol, L'Atalante, Ser o no ser, Atlantic City, La noche del cazador, Una mujer bajo la influencia, La noche, Sed de mal, Un condenado a muerte se ha escapado, La jungla de asfalto, Los cuatrocientos golpes, Los amantes de Montparnasse, Las zapatillas rojas, La regla del juego, Los mejores años de nuestra vida, Stromboli, El evangelio según san Mateo, La chica con la maleta, Los inútiles, A sangre fría.* Un aluvión es un recio torrente de agua que arrastra gra-

va y lodo. Es también una crecida, un desbordamiento. La llegada de la luz eléctrica a los pulmones oscuros de un —medio— huérfano que acaba de conocer el cine.

*

Dice Lorca que todo el teatro sale de las humedades confinadas. Piensa en eso cuando recuerda el trastero inundado.

*

Pero él no ve teatro, ve cine. Cine vs. cáncer. Cáncer vs. cine. Ese binomio se instala muy pronto en su cabeza de niño: es la piedra fundacional de un sistema de interrelaciones pueril, reduccionista, perverso. No la quimio, la radio, la terapia hormonal, el trasplante de células madre: la cura es el cine.

*

Internado con una crisis nerviosa, el escritor y cineasta Santiago Loza encuentra consuelo en la única sala con televisor que tiene la clínica. Allí proyectan películas bíblicas en una suerte de bucle perenne.

Son copias en mal estado interpretadas por actores asiáticos. El escritor no entiende una palabra. Eso le hace bien.

*

Compartiendo una película por día con su compañero de celda: así trata de acortar Molina sus veintidós noches de encierro en *El beso de la mujer araña*, la novela de Manuel Puig. «Me olvidé de esta mugre de la celda contándote la película», dice.

*

Es asombroso lo que puede hacerle el cine al tiempo. A veces lo acelera y hasta lo borra. A veces lo detiene. Dice Patricia Lockwood: «Su padre solía poner películas del Oeste para que la tarde durase más: mientras John Wayne caminara por la calle mayor, el sol seguiría en lo alto del cielo».[2]

*

2. Patricia Lockwood, *Poco se habla de esto*, Alpha Decay, Barcelona, 2022, traducción de Inga Pellisa.

El *dasiregi*, o *bandarae* —según la zona—, es un espectáculo de teatro y danza utilizado en Corea para consolar y entretener a los familiares de un muerto en la víspera de su funeral. La trama es siempre la misma. Los personajes son un grupo de artistas, un monje, un ciego y la esposa del ciego, que da a luz a un bebé, hijo secreto del monje. Al final uno de los personajes muere. Los demás cargan el féretro. El entierro real resulta menos doloroso —o al menos esa es la intención— cuando se ha visto el entierro simulado.

*

Un camionero catalán se queda viudo. A la mañana siguiente encuentra una paloma herida en un área de servicio. La rescata y la cura con yodo. Atraviesan juntos dos inviernos bajo el mismo techo: uno de uralita que ha instalado el camionero en un corral anexo al chalé en el que vive. Como algunos dictadores, la paloma muere impasible en la cama. La entierra el camionero, convencido desde la primera vez que la tocó de que la paloma —Cucli, la llama— es la reencarnación de su mujer muerta.

La historia pertenece a un cortometraje docu-

mental.[3] En la vida, como en el cine, se puede morir dos veces.

*

También se resucita en el cine. La prueba es *La palabra (Ordet)*, dirigida por Carl Theodor Dreyer en 1955. Basada en la obra de Kaj Munk, dramaturgo y sacerdote luterano, la película cuenta la historia de Johannes, el hijo mayor de una familia establecida desde hace décadas en una granja de la península de Jutlandia. La acción se sitúa a principios de los años veinte. Johannes ha perdido la cabeza. «Sus muchas lecturas en la Universidad de Uppsala y el estudio obsesivo de la obra de Kierkegaard le han trastornado de tal manera que se cree Jesucristo. Ha tenido que abandonar los estudios y regresar a la casa paterna. Ya han pasado varios años y Johannes no mejora. Inger, la dulce esposa de Mikkel, el mayor de los hermanos, gesta un hijo que el patriarca de los Borgen espera con gran ilusión.»[4] Un día, el patriarca, miem-

3. Xavier Marrades, *Cucli,* cortometraje, 2016.

4. Alberto Fijo, <https://www.aceprensa.com/resenas-cine-series/ordet-la-palabra/>.

bro destacado de la Iglesia luterana, discute con su homólogo en la familia vecina: un sastre que no está dispuesto a aceptar el matrimonio de su hija con Anders, el hijo más joven de los Borgen. El sastre, líder de la Misión Interior, religión enemiga, termina confesando que ha deseado secretamente la muerte de Inger.

Sus deseos se cumplen. Muere primero el hijo que los Borgen esperan. Después, muere Inger. El sastre se arrepiente y las dos familias se unen. Así las encontramos en la secuencia final, cuyas imágenes en blanco y negro ya nunca le abandonan.

Inger está muerta, tendida bocarriba en un féretro destapado. Junto a ella, velándola entre ventanas cerradas, están los patriarcas de ambas familias, el médico, el sacerdote y el viudo. Enfrente, su hija, una niña de unos seis o siete años, y Johannes. Los vemos juntos en un marco austero, delante de una pared blanquísima de la que cuelga un reloj que parece flotar en el aire como si fuera un globo.

La niña, pecosa, rubia, coge a su tío de la mano.

¿Crees que puedo hacerlo?, le pregunta el tío.

Sí, tío, dice ella.

Mira a tu madre, dice él. Cuando diga el nombre de Jesús se levantará.

El sacerdote le interrumpe llamándolo loco. Johannes responde: ¿Es de locos desear que los muertos vuelvan a la vida?

Levanta la vista y continúa.

Jesucristo, dice. Dame la palabra.

Mira a Inger. Levántate, le ordena.

Inger, que tiene las manos cruzadas a la altura del estómago, las mueve.

*

Ordet es una de las muchas películas que ve antes de tiempo. Tiene doce años y tarda en comprenderla, si es que la comprende. En su hermetismo reside su impacto. Le pasa con *Cleo de 5 a 7* (Varda), *Stromboli* (Rossellini), *La aventura* (Antonioni), *El río* (Renoir), *India Song* (Duras), *El espíritu de la colmena* (Erice), *Los cuentos de la luna pálida después de la lluvia* (Mizoguchi), *Malas tierras* (Malick). Delante de él aparece —*se* aparece, como se aparece en *Hamlet* el Fantasma, otro danés, fruto, según casi todos los biógrafos de Shakespeare, de la imaginación sobrecargada del príncipe— una galería de imágenes que se resisten a ser interpretadas. En el cine, y en el amor, la fascinación es incompatible con la familiaridad.

*

¿Fue eso lo que los separó? ¿La familiaridad, el aburrimiento, el tiempo? Y si fue eso, que es lo de siempre, o lo de casi siempre, ¿para qué contarlo? ¿No dicen en las escuelas de cine —no ha dicho él mismo, disfrazado con su túnica de profesor— que solo se debe narrar lo extraordinario?

*

Suceso extraordinario, o más bien objeto encontrado a la manera de los surrealistas: la máquina de oxígeno que había en el dormitorio de sus padres. Una bombona de acero negro conectada a una especie de humidificador a través de tres tubos transparentes unidos en la forma de la letra psi del alfabeto griego. La ausencia de pruebas demuestra que la máquina nunca existió pero él está convencido: la trajo una pareja de enfermeros para que su madre respirara.

Ha dicho que no se acuerda de su madre. Sí se acuerda. Le duele tanto acordarse que lo tiene que escribir en tercera persona.

*

Algunas cosas de las que se acuerda:

Una peluca pelirroja que estaba de día sobre su cabeza y de noche en el cajón más inaccesible del armario. Una comedia de los hermanos Marx cuyos diálogos se aprendieron de memoria en la infinidad de la cama. Un cumpleaños al que invitó a seis amigos que la vieron materializarse contra el vano de una puerta. Un pañuelo con anclas estampadas. Un pantocrátor y unas sandalias y un manual de gramática española. Una barra de labios Key Largo Purple. Un libro de Krishnamurti. Otro de Khalil Gibran. Un anillo con la cabeza de un puma.

Sus movimientos mudos de vampiro.

El puto armario de las medicinas.

*

Otra película que ve poco después de la muerte de su madre es *El cebo*, un policiaco dirigido en 1958 por Ladislao Vajda.

El relato se pone en marcha cuando encuentran el cadáver de una niña asesinada en un pueblo del Tirol. El cebo que da nombre a la película es una marioneta que el asesino utiliza para atraer a sus víctimas. En la secuencia final el comisario rescata de la

escena del crimen esa misma marioneta y juega con ella para que la niña protagonista no vea la sangre que resbala por un lateral de su codo —el asesino acaba de morir, y la infancia debe permanecer ciega.

En la casa de su niñez la televisión estaba unos centímetros por encima de lo que recomendaría un diseñador de interiores o un oftalmólogo. El mueble lo había mandado hacer su padre a medida. Los ebanistas se equivocaron y su padre, de naturaleza mansa como la de un San Bernardo, no se quiso quejar. Ver películas ha sido desde siempre para él mirar hacia lo alto. Seguramente sea cierto eso que dice Leopoldo Marechal en el título de su poema *De todo laberinto se sale por arriba*. O puede que además debamos explorar los laterales. Cuando vivía en Londres a menudo tropezaba con algún turista español o latinoamericano fotografiándose frente a esos carteles que desvían el tráfico con la palabra *DIVERSION*. En inglés, bifurcación o desvío. En español, si tuviera tilde, diversión. Desahogo. Entretenimiento. Entretener es, en una de sus acepciones, hacer menos molesto y más llevadero algo. Esa definición le hace pensar en *El cebo*, que le hace pensar, a su vez, en un video de YouTube que solía proyectar cuando daba clases en la escuela de cine en la que conoció a Jimena. Se titula *El*

mejor pediatra del mundo. Con el fin de ponerle una inyección a un bebé que no deja de llorar, un médico lanza montones de pañuelos de papel al aire y grita *We got tissues! We got tissues!* Mientras una mano ejecuta —¿la mano del trabajo?—, la otra entretiene —¿la mano del arte?—. El bebé, en lugar de llorar, ríe. En palabras de Paul Auster, la función de un cuento consiste en hacer que una persona vea una cosa ante sus ojos al tiempo que se le enseña otra: «Cada cosa tiene dos vidas simultáneas, en el mundo y en nuestra mente, y negar cualquiera de las dos es como matarla en ambas vidas a la vez».

Algo más que tiene que ver con el final de *El cebo.* Nunca fue al entierro de su madre. Lo dejaron en su habitación, dibujando semicírculos con un transportador de ángulos.

*

«A partir de ahora soy mi propia madre —dice Roland Barthes en su *Diario de duelo*—. A partir de ahora y para siempre soy mi propia madre.»

*

Antes de morir pasa enferma cuatro, cinco, siete años: la infancia entera de él, que reza todas las noches para que sane. Se lo piden con insistencia varias de sus amigas. Son mujeres pertenecientes a un grupo religioso al que su madre se ha unido, desesperada por el avance de la enfermedad. Como todo en esa época, el grupo es una mancha imprecisa. Puede que sean de los Legionarios de Cristo, de la Iglesia Palmariana de los Carmelitas de la Santa Faz, del Opus Dei. En el futuro, en consultas perfumadas y asépticas, recordará sus voces distantes, el tacto de la piel de sus abrigos, la peste a tabaco mentolado que dejan a su paso colgando de los marcos de las puertas.

*

Una de ellas —Guadalupe, se llama— le regala una estampita del Cristo de Medinaceli. Sus ojos le miran desde arriba. Tiene una corona de espinas en la cabeza y los brazos cruzados frente a una túnica de color púrpura. La imagen es, además de improcedente, tétrica, pero él la ve tan inofensiva como un cromo de fútbol. En cuanto se queda solo la pega en una pared a escasos centímetros de la almohada. Es Cris-

to, le ha dicho la mujer, es Cristo y es el hijo de Dios y también es Dios. También le ha dicho que tiene que hablarle. Que es una persona ocupadísima, que la única manera de asegurarse de que le está escuchando es pactar con Él una contraseña. Que la contraseña se le tiene que ocurrir a él. Dame la palabra, diría Johannes.

Se toma el encargo como una decisión capital. No duerme. Baraja varias opciones, en casa y en el colegio, en la ducha, en mitad de una clase de francés y otra de natación por equipos. La encuentra, finalmente.

La contraseña es un plagio. Está copiada de la película de los hermanos Marx que ha visto tantas veces con su madre: *Plumas de caballo*. En ella, Chico y Groucho, cada uno a un lado de una cristalera, discuten largamente acerca de una contraseña absurda con nombre de pescado.

Apaga la luz y se tumba de lado, sus ojos de niño en los ojos de la estampita. Murmura. Interpreta el silencio como una respuesta. ¿Será eso hablar con Dios?

*

Pez espada. Pez espada.

Pez espada. Pez

espada. Pez espa-

da. Pez espada. Pez espada. Pez espada. Pez espada. Pez espada. Pez espada. Pez espada. Pez espada. Pez espada. Pez espada. Pez espada. Pez espada. Pez espada.

*

Lo llevan a dormir a casa de sus tíos. Esa noche también reza. Esa noche su madre muere. No sabe cómo exactamente, ni a qué hora. No sabe qué dice, o a quién mira. A su padre, supone. No lo sabe.

*

Jazmina Barrera habla así de su parto: «Lo viví pero no lo observé. Desde mi perspectiva era imposible verlo. Lo viví pero no lo vi, y por eso me queda como un mito, algo que tengo que imaginar».[5]

*

Él imagina la muerte de su madre. Imagina su vida. Imagina, por encima de todo, el hecho ordinario

5. Jazmina Barrera, *Linea nigra*, Pepitas de calabaza, Logroño, 2020.

aunque diferencial de tener una madre. Tenerla así, como quien tiene un tronco del Brasil, dos gatos, una lavadora.

*

La estampita es sustituida por una foto de Audrey Hepburn. Igual que el cristo, tiene los brazos cruzados y mira al suelo. A diferencia de él, sonríe.

El título de un ensayo de Rafael Sánchez Ferlosio: *Mientras no cambien los dioses nada habrá cambiado*.

*

Su padre sufre una mutación, o más bien un reemplazo, al quedarse viudo. Como en *La invasión de los ladrones de cuerpos*,[6] es sustituido por una copia de sí mismo: un alienígena incubado en el interior de una vaina gigante. Así lo ve cada vez que se lo cruza por el pasillo, o descalzo en la cocina en mitad de la noche: una carcasa con forma de hombre contra la luz fría de la nevera.

6. *La invasión de los ladrones de cuerpos*, dirigida por Don Siegel, 1956.

*

Solo dos cosas dan un cierto consuelo a ese hombre: el Real Madrid y la comida *gourmet*. Ahora es vicerrector en una universidad privada y todos los inviernos le regalan cestas mastodónticas de Navidad. Hay coronas de huevo hilado, melocotón en almíbar, lomos de bacalao, mazapán y chocolate, bonito del norte, paté de oca y de jabalí. Un año cuentan hasta catorce jamones, todos ibéricos. Su mano derecha los amputa de mala manera, con un cuchillo cebollero y en ocasiones hasta con uno de sierra. Otra clase de padre le regañaría por eso. El suyo lo mira comer embobado.

*

Él, por su parte, también muta. Ahora es una máquina de olvidar y dos ojos que desconfían.

*

En pleno duelo por la muerte de su compañero, Nathalie Léger tropieza por casualidad con su fantasma. Lo encuentra en *La présence réelle*, una película

de Raúl Ruiz en la que había actuado hace tiempo. «El cine se inventó solo para eso»,[7] escribe.

*

De su madre no hay imágenes en movimiento. Ningún videoaficionado en la familia, ni móviles, por esa época.

*

Dice Anne Carson: «Un día decidí que el duelo o el lamento no implica un proceso de comprensión. Se trata de hacer algo hermoso con el horrible caos que tienes entre las manos cuando alguien muere. Quieres que ese algo sea bueno. Y para mí, será bueno si es un objeto que es excitante y hermoso de mirar».[8]

*

7. Nathalie Léger, *En busca del cielo*, Chai editora, San Javier, Córdoba (Argentina), 2023, traducción de Matías Battistón.

8. <https://elcuadernodigital.com/2020/06/19/quiero-ser-insoportable-habla-anne-carson/>

Estudia cine y se convierte en guionista de cine. No sabe si las películas en las que trabaja son objetos excitantes y hermosos de mirar. Unas más que otras, desde luego. Pasa más de diez años dando clases.

*

Empieza una de las últimas proyectando tres imágenes.

La primera corresponde al exterior del Centro Pompidou, diseñado en 1977 por los arquitectos Richard Rogers y Renzo Piano.

La segunda corresponde a la primera zapatilla modelo Air Max, de la marca Nike, creada en 1987 por el diseñador Tinker Hatfield.

La tercera imagen corresponde a un plato llamado *Huevo de caserío trufado y cocinado a la inversa* o, simplemente, *Huevo trufado*, un invento del cocinero Eneko Atxa en torno al año 2006.

¿Qué tienen en común estas tres obras de arte —o lo que sean?, pregunta.

La estructura del edificio está fuera, empieza a decir al ver que nadie responde. Al museo, igual que a las arañas, los crustáceos y algunos hongos, lo sos-

tiene un exoesqueleto. En un sistema de ménsulas y cerchas metalizadas vemos, cada uno de un color, los distintos elementos que lo forman: escaleras mecánicas, pasarelas, conductos de ventilación, tuberías. Se trata de una estructura que llama la atención sobre sí misma, que remite al proceso, que no esconde su naturaleza: no la consecuencia de una intervención divina sino el resultado de un procedimiento creativo y tecnológico, la mano del hombre.

En la zapatilla lo que se ve, si bien no en su totalidad, es la cámara de aire, un elemento que hasta entonces había permanecido en la sombra.

En el caso del aperitivo es esa especie de yin yang formado por el caldo de trufa y la yema del huevo.

En los tres ejemplos las estructuras son como son por una o varias razones. Habla sobre todo del último, debido a una cuestión de falta de tiempo y a que seguramente se haya sometido a un análisis no tan exhaustivo.

Al cocinero Eneko Atxa le encantan los huevos trufados, dice. Pero tiene un problema. Para absorber por completo el aroma de la trufa, un huevo necesita pasar como mínimo cuarenta y ocho horas en la nevera...

*

La clase aburre a sus alumnos. No siempre sucede. Hoy sí. Le aburre todavía más a él. En días como este quiere dejarlo todo y escribir otra cosa. Algo que se parezca, en cierto modo, a las diapositivas que alumbran la sala. Que se parezca al museo. A las zapatillas. A la yema del huevo. Una forma que no esconda de dónde ha salido. Como esos VHS que alquilaba de niño en el videoclub de su barrio y que, además de la película, incluían un reportaje en el que los miembros del equipo explicaban cómo se había rodado: eso que llaman el así se hizo, el *making of*.

*

El 20 de febrero de 2005, el músico escocés Edwyn Collins, líder de la banda de *new wave* Orange Juice, sufrió una hemorragia cerebral. Estuvo diez días en coma y seis meses hospitalizado. Al despertar, solo era capaz de pronunciar dos frases. La primera era «Las posibilidades son ilimitadas». La segunda era el nombre de su mujer: «Grace Maxwell».

*

En su última novela publicada en español, *El mar vivo de los sueños en desvelo*, el escritor tasmano Richard Flanagan describe de esta manera a tres hermanos y su relación con el cuarto, que murió. «Así hablaban de Ronnie sus hermanos y su hermana, en un círculo que no iba a ningún lado, una espiral que se cerraba hacia dentro. Le inventaban futuros alternativos. A eso le decían *ronniar*. Era un remolino. Un remolino en el que se quedaban *ronniando*.»

*

Su madre se llama Fátima. Ninguno de los dos, ni su padre ni él, son propensos a *fatimear*. Solo una vez, que recuerde, pronuncian su nombre. Están en el parque de atracciones de Madrid. Él tiene nueve, diez años, está enfadado. ¿Qué te pasa?, le pregunta su padre. ¿Te acuerdas de Fátima? Así lo pregunta, por primera vez desde que murió y sin llamarla mamá, cosa que todavía hoy le confunde y le apena. Él no está enfadado porque se acuerde de su madre, o sí, pero en ese momento no lo sabe. En ese momento piensa que está enfadado porque acaba de ver al actor que tiene que interpretar a Freddy Krueger con la careta en las rodillas comiéndose un bocadillo de mortadela —des-

baratando así, de golpe, la suspensión de la incredulidad, arruinando para siempre sus expectativas de pasar miedo *de verdad* en el pasaje del terror.

Como le da vergüenza le dice a su padre que sí, que está enfadado, y triste, porque se acuerda de Fátima. No te preocupes, le dice su padre, mañana vamos a La Vaguada y te compro unos patines.

Son unos patines en línea verde fosforescente, con las ruedas y los cordones a juego. Se los pone durante años, incluso cuando empiezan a hacerle rozaduras porque le están creciendo los pies.

*

También le compran un perro. No lo rescatan, lo compran en una tienda de mascotas por catorce mil pesetas. Es una galga italiana cuyo nombre le dejan elegir. La llama Fátima. Su padre se opone. La llama Ginebra.

*

De vuelta en casa su padre se agacha a su altura, adoptando la misma posición que tenía cuando le dijo que su madre se había ido. Él también, de niño,

le dice, tuvo un perro. Le dice que el perro murió. Que murió por su culpa, le dice, que se tragó una piedra: la confundió con una pelota que le había lanzado él. Le dice todo esto y llora. Es la primera y la única vez que ve a su padre llorar.

*

Para que la tragedia no se repita las instrucciones son claras: a Ginebra solo se le pueden lanzar pelotas imaginarias.

*

Ginebra entiende el juego a la primera. Husmea un rato con el hocico en el césped y vuelve trotando con la boca abierta. Su lengua parece una colchoneta sacudida por una corriente de aire, o una bandera. Ginebra la despliega y separa los colmillos para liberar la pelota, que no existe pero aun así cae a plomo sobre la hierba.

La rutina se repite todas las noches del verano. Después de cenar deja su plato en la encimera, coge la correa y se queda en la puerta, hasta donde Ginebra corre sin que nadie la llame. A esa hora, en julio y sobre todo en agosto, la parte de la ciudad en la

que viven está en silencio. Le gusta ese silencio. Aunque no lo sabe nombrar, intuye que algo sucede en esos paseos por la urbanización, algo inexplicable y puede que mágico. La perra y él solos, entre las coníferas que dividen los adosados y la música de los aspersores. La textura de lo que le rodea cambia y el peso de lo real se desvanece. No solo las pelotas que lanza, sino también la perra, él mismo y el jardín entero, parecen imaginarios. Dice Marianne Moore que no tendremos poesía hasta que los poetas «puedan presentar / listo para su inspección / un jardín imaginario con sapos de verdad dentro».[9] No ha leído el poema todavía. Lo leerá años más tarde, en una antología.[10] De momento se arrodilla, coge la pelota, la vuelve a lanzar.

*

Un domingo de octubre de 1984, el director alemán Philip Gröning se puso en contacto con el abad

9. La traducción es del autor.

10. William Shand y Alberto Girri, *Poesía norteamericana contemporánea*, Editorial Raigal, Buenos Aires, 1950, traducción y selección de los autores.

del monasterio cartujo de la Grande Chartreuse, al norte de Grenoble, con la intención de proponerle un documental protagonizado por los monjes de su abadía. El abad respondió a la productora diciendo que necesitaba tiempo para pensar. La respuesta llegó dieciséis años más tarde. Era un sí.

El resultado es *El gran silencio*, una película de casi tres horas de duración en la que nadie pronuncia una palabra.

Para rodarla, Gröning convivió con los monjes durante seis meses. Fue uno más. Daba de comer a los animales, araba el huerto, cortaba leña para el invierno. «Fue agotador —dijo el director en una entrevista—, porque, además de hacer todo lo que hacían los monjes al cabo del día, yo tenía que hacer una película.»[11]

En el monasterio, Gröning descubrió un catolicismo opuesto al de su infancia, uno que presentaba la vida no como un valle de lágrimas sino como un regalo. Fue, dice, una experiencia luminosa.

Ve la película el día de su estreno en España, en noviembre de 2006. Ese mismo año, en abril, muere su padre.

11. <https://www.elmundo.es/elmundo/2006/11/22/cineclu/1164199724.html>

Podríamos decir que *muerte trágica* es una especie de pleonasmo. Pero eso es teoría literaria y no ayuda. Vive la muerte de su padre como una tragedia indiscutible y total. Sobre todo porque siente que empezaban a dejar atrás, muy lentamente, El Gran Silencio, ese que había tomado su casa desde la muerte de su madre.

Así lo recuerda hoy: su padre y él, las suelas de sus zapatillas de felpa arrastrándose por la tarima flotante, el eco del paso melancólico de los cartujos rebotando contra la bóveda de la abadía.

*

Su padre ya no está. Es una ausencia, su padre, un agujero.

*

Su madre también es un agujero. Un agujero más grande, un agujero negro. Su madre es un fantasma. Si alguna vez escribe una novela sobre ella tendrá que ser, por fuerza, una novela de fantasmas.

*

¿Y Jimena? No lo sabe pero se lo pregunta, y por eso lo que está escribiendo ahora es una novela de amor. Le parece un texto tan fragmentario que apenas se atreve a llamarlo novela. Seguramente no sea más que un conjunto de palabras en torno a un centro. A eso Natalia Moret lo llama escritura rizomática.[12] Imagina el resultado: una raíz de jengibre, un bulbo retorcido y asimétrico que crece solo, indefinidamente, hasta que alguien decide ponerle fin.

12. Natalia Moret, *El año en que debía morir*, Ediciones B, Barcelona, 2022.

DRAMA

Volvimos a vernos por casualidad en el intermedio de una obra de teatro. Era una recopilación de comedias de Aristófanes protagonizada por internos de un centro de menores. Lo hacían bien. Sobre todo el actor principal, del que más tarde leí en internet una entrevista cuyo titular decía: «El arte me salvó la vida». Yo iba solo. Jimena con Javi. Me lo presentó. Se parecía un poco a mí. Todavía no sé si aquello me dolió, o si me alegraba. Tampoco recuerdo si le di dos besos o la mano. Sí sé que hablamos. De la pésima climatización del teatro, de la escenografía, de las interpretaciones, de la importancia de las segundas oportunidades —por el pasado delictivo del elenco, imagino—. A la segunda parte preferí no entrar. Me bebí cuatro tercios en un bar de taxistas y le mandé un mensaje a Jimena. Le dije que me alegraba de ha-

berla visto y le pregunté si le apetecía que quedáramos para ponernos al día. Eso dije, ponernos al día, y me arrepentí enseguida de la expresión prefabricada, que en cierto modo traicionaba, o eso me pareció, el espejismo de la singularidad con el que sueñan a menudo los enamorados. Jimena me respondió al día siguiente. Dijo que agradecía la invitación pero que todavía era pronto. Pronto para ella, por lo menos. O no, tampoco estaba segura. De todos modos, tenía mucho trabajo y en las próximas semanas estaría ocupada. Yo estaba en casa. No era mi casa, en realidad: me la había prestado un amigo periodista mientras comentaba guerras en el extranjero. La casa estaba lejos de todo y tenía un jardín. En el jardín había un cenicero con colillas y un triciclo que ya no quería el hijo de mi amigo. Allí estuvieron, el cenicero y el triciclo, hasta que me fui de la casa. Tardé mucho en irme, ahora que lo pienso. Demasiado. Dejé las clases. Volví a terapia. La dejé. Me caí de la moto. Me salieron canas. Amanecía de lunes a domingo con contracturas. Fui a un osteópata. No funcionó. Hice acupuntura. Tampoco. Una amiga me dio el teléfono de un brujo —así se anunciaba, como brujo— y lo llamé. Me recibió en un sillón de mimbre parecido al de la película *Emmanuelle*. ¿Qué quieres saber?, me dijo

con un acento que nunca llegué a identificar del todo. De pie, encarando el póster de una cima inventada, le dije que me dolía todo el cuerpo, que me mandaba mi amiga, que me habían hablado mucho sobre la imposición de manos. Es un don, me dijo. Me contó que había tenido ese don desde pequeño, que con catorce años estuvo empleado en un centro médico de alto rendimiento, que por aquellas fechas trabajaba con niños burbuja, que trabajaba también con bebés y con animales, que, si el animal era pequeño, un potrillo, una oca, le podía curar un tumor. A mí lo del tumor me irritó particularmente, pero no dije nada. Me tumbé bocarriba en la camilla. La sala, estrecha, incómoda, olía a sudor. Allí se hacía yoga, pilates, psicología holística. Se lloraba más que en los tanatorios, allí. El brujo, en cambio, sonreía. Era gigante y canoso como una montaña de sal. Encorvándose, buscaba una *playlist* en Spotify. En un cafetal incierto se puso a llover. Cerré los ojos. En los primeros quince minutos no pasó nada. O sí, pasó, siempre está pasando algo, pero era invisible y mudo. Luego, de repente, se veía. Al principio un cosquilleo. Después algo más intenso y difícil de precisar. Una corriente eléctrica. Una descarga que salía disparada de la mano derecha del brujo y se movía frenéticamente por todo

mi cuerpo, desde el diafragma hasta las uñas de los pies. Me resistía. Entendí que, como muestra de respeto a todo aquello en lo que creía y sigo creyendo —la medicina, el psicoanálisis, la ciencia—, eso era lo que tenía que hacer, resistirme. No fui capaz. Mis brazos se movían solos. Primero el derecho, después el izquierdo. Después las piernas. Convulsiones. Varias. Muchas. Cuarenta minutos de convulsiones. Abrí los ojos. En el techo había un espejo. Ya estaba antes. No lo había visto, no recordaba. Me miré en él. Tenía la boca abierta y las piernas abiertas y los pectorales y las palmas de las manos levantados hacia el cielo, como una variedad de pájaro al que hubieran arrancado, sin dolor, varios kilos de carne. ¿Cómo estás?, escuché a mi lado, al oído, casi. Dije bien. Era verdad, estaba bien. ¿Qué ha pasado? Tenías cosas dentro, cosas desordenadas, dijo el brujo. Nada más salir de la consulta encendí el móvil. Había un mensaje de Jimena. Mi padre está muy mal, decía. ¿Podemos verrnos? Así lo decía, con la erre duplicada.

*

La primera vez dimos un interminable paseo de jubilados. Fue a esa hora en la que los perros andan suel-

tos por los jardines con anillos reflectantes en la garganta. La segunda y la tercera y las demás fuimos a su casa.

*

¿Dónde había vivido? Primero lejos, en las afueras de las afueras, según decía, sola. Después en el centro, con Javi. Después, cuando el experimento de la convivencia fracasó, en un piso compartido con dos excompañeras de la escuela de cine. Su cuarto era una reproducción a pequeña escala del salón de nuestro antiguo apartamento. Quedábamos siempre después de cenar, cuando ella volvía del hospital y sus compañeras dormían.

*

Su padre mejoró. Algo. Poco. Se estabilizó, al menos. Inés, la hermana de Jimena, había vuelto de Canadá. También vino Nathan, su marido. Se turnaban.

*

Hablar otra vez hasta las tres, las cuatro, las seis de la mañana. La ventana abierta para que desaparezca el

humo de los cigarros de liar que fuma Jimena, que ahora fuma, por la noche, solo, si bebe. Escucharla contar la que hoy es su vida, que se parece y al mismo tiempo no se parece a la que hasta hace poco era su vida. Contar yo la mía, una parte. Verla reír y reírme. Mirar cómo se oscurecen sus dientes con el tinto ecológico que le ha recomendado Javi, que sabe de vinos. Toda una serie de coreografías del deseo. Cosas que no se olvidan. Como dicen que no se olvida montar en bicicleta, según se ve por un motivo relacionado con los ganglios basales y eso que se llama memoria procedimental.

*

Enseguida recuperamos el argot que habíamos acuñado. Solo nos llamábamos por nuestros nombres cuando discutíamos. Teníamos apodos. Y códigos, atajos, bromas privadas. Puede que el amor tenga que ver con eso, con una lengua que se copia, o un tiempo que se da. O quizá tenga que ver con otra cosa, una más tonta, como chuparle la punta del meñique al otro para que rescate con él las migas que han quedado en el plato en la merienda o el desayuno.

*

Una tarde se nos quedó el preservativo dentro. Nos miramos sin decir nada. Jimena permaneció en su sitio, bocarriba, con las piernas abiertas y la cadera en alto, mientras yo tanteaba con la mano derecha las paredes de su vagina. A veces le hacía daño y a veces cosquillas. Era eso, o que le había entrado esa risa que precede o trata de ocultar el pánico. Me daba indicaciones poco claras. Yo me perdía.

Tardé un buen rato en localizar el condón. Lo agarré como pude con las yemas de los dedos, tiré y lo lancé lejos de mí, como haría un soldado de película con una granada de fragmentación. Lo vimos rebotar contra la pantalla apagada de la tele, dejando un rastro de baba que tuve que limpiar después con papel de cocina.

Cuando se nos pasó el susto nos quedamos más de una hora tirados en la cama. Jimena me miraba las muñecas. Me dijo que tenía manos hábiles, de comadrona. También me dijo que aquello era lo más parecido a un parto que íbamos a vivir juntos. Era una broma extraña y no nos reímos.

Le pregunté por Javi. Ya no hay Javi, me dijo. No estaba preparada. Parecía estar hablando de una etapa ciclista, o un posgrado. Después me pidió que la acompañara al hospital a ver a su padre.

---

*

Cuando lo conocí, Vicente medía uno noventa y olía a vino; un vino pendenciero que su hija le veía servirse de una botella escondida detrás de los radiadores del sótano de su chalé de la sierra. Ahora la enfermedad le había encogido. A cada minuto perdía kilos, ganas de vivir, energía. Esto sé del cáncer, por experiencia: es un monstruo centrípeto, una garganta que traga.

Vicente nos esperaba en la cama, mirando al techo, con una bata de hospital de cuyo bolsillo asomaba un manojo de pinceles a la altura del corazón. Ya no pinta, me dijo Jimena en voz baja. Pero los lleva. Por si acaso.

Se abrazaron. Yo me quedé unos metros más allá, en una butaca hecha de un material que se me pegaba al cuerpo.

¿Qué tal van las películas?, me dijo.

Le dije que bien. Le pregunté cómo estaba.

Regio, me dijo.

*

En los días buenos, Vicente hablaba mucho y no dejaba hablar a nadie. Hablaba de arte, de política,

de salud mental, de economía. Hablaba de la madre de Jimena, a la que se refería invariablemente como el amor de su vida. Hablaba también de otras mujeres que había conocido. Las llamaba desclasadas, celosas, controladoras, alcohólicas. El alcohólico era él, claro. Tuvo siempre los ojos hinchados. Al menos durante aquel mes que estuvo ingresado en el hospital. ¿De ver la tele, de beber, de llorar? De ver la tele no, me dijo Jimena. No le gustaba. Tampoco leía. Bueno, sí, leía *Artforum*, a la que se había suscrito con veinte años, y otra revista que se llamaba y creo que se sigue llamando *Ecuestre*. Lo que más amaba en el mundo, además de quejarse de las injusticias que una mano invisible había dirigido contra él a lo largo y ancho del tiempo, eran las carreras de caballos. Había dilapidado una fortuna en el hipódromo de la Zarzuela. También en Sanlúcar de Barrameda, en Melbourne y en Nakayama. Tenía tres novias. Tres que sepamos, me dijo Jimena. Venían por turnos. Nunca se cruzaban, milagrosamente.

Fuimos a verle varios días. En un momento de la visita, casi siempre por gestos y bastante al principio, Jimena me pedía que los dejara solos. Yo la esperaba frente a la máquina de café, preguntándome como si no dependiese de mí si éramos una pareja de nuevo.

*

Otras veces Vicente parecía poco más que una calavera, calvo y muerto de miedo, chorreando el Betadine que le habían puesto los enfermeros para curar la herida de la incisión de la biopsia o de alguna caída. No decía nada. Jimena tampoco, ni lloraba.

*

Vimos muchas películas durante aquel tramo de la enfermedad de su padre, pero no recuerdo ninguna. Solo una escena resiste hoy, terca, en mi memoria. Una mujer y su padre moribundo aparcan su monovolumen en una gasolinera.

Dime la verdad, dice él, ¿he sido un mal padre?

Abominable, abominable, dice ella. Pero me hiciste reír. Me hiciste soñar. Y ahora debemos irnos.

*

Pasaba muchas horas mirando las barandillas que le habían instalado alrededor de la cama. Seguía perdiendo peso y se le olvidaban sílabas y palabras ente-

ras. Preguntaba de qué color eran las zanahorias, o la equipación del Barcelona.

*

También le dio por contar chistes malos. En realidad lo había hecho siempre, pero como apenas lo traté no lo sabía. Me acuerdo de uno. Niño, sal del coche y dime si funciona el intermitente. Ahora sí, ahora no, ahora sí, ahora no, ahora sí, ahora no.

Yo había leído en alguna parte que la familia era la cuna de la desinformación y la tristeza. Quería una, pero una que pudiera encender y apagar según mi estado de ánimo, una familia que funcionara con monedas, como los televisores del hospital. Jimena tenía razón cuando me dijo que aquel chiste le recordaba a mí: ahora sí, ahora no, ahora sí, ahora no.

*

Ella también era intermitente. No se lo dije. Ahora que su padre estaba enfermo decía que quería tener hijos. A veces el deseo era tan intenso que me decía quiero un bebé, quiero un bebé que llore sin

parar en los aviones. Meses después oiría llorar a bebés de verdad, en aviones de verdad, y el deseo desaparecería.

*

Yo ya no quería hijos. No con ella, por lo menos. O no siempre. Antes lo había deseado con una ingenuidad insultante: Probarás a ser padre del mismo modo que probaste los hongos alucinógenos o el queso con gusanos. Seguramente lo que más se acerque a la verdad sea decir que no estoy seguro, que ya no sé si tenía ese deseo.

El deseo sostenido en el tiempo, ese misterio.

*

Si se muere y tenemos un hijo va a nacer sin abuelos, dijo.

Eso no va a pasar.

¿No vamos a tener un hijo?

No se va a morir.

*

La verdad es que creí que se moriría. Como mi padre. Como su madre. Como la mía. Creí que nos tendríamos que tragar otro capítulo de la misma mierda de serie. Peor, un *remake.*

*

El tratamiento no estaba funcionando y decidieron operar. Lo decidió Vicente, en realidad, pese a que la intervención era de altísimo riesgo, en palabras del equipo médico. Pasa eso en los hospitales: se toman decisiones que hacen que la gente viva o muera, se toman, a menudo, en cuestión de segundos. Después se olvidan. Las olvidamos todos, supongo que porque no sabríamos vivir de otra manera.

Mañana me desvirgo, dijo, desde la cama. Lo dijo porque era la primera vez que le operaban de algo. Inés le dijo que no, que le habían operado de cataratas, ¿o es que no se acordaba?

En la habitación éramos cinco: Vicente, Inés, Nathan, Jimena y yo. Cuando entró la enfermera para echarnos la bronca —el paciente necesitaba descanso—, Nathan y yo fuimos los primeros en salir.

Tomamos algo en la cafetería del hospital. Aunque debimos de hablar, no recuerdo que habláramos.

En un momento dado me levanté para ir al baño. Estaba ocupado y tuve que esperar unos minutos en mitad del pasillo.

Algunos sueños son reveladores. Los que yo tenía en aquella época en torno a Jimena solían acabar de la misma forma: con uno de los dos huyendo a bordo de algún medio de transporte. Desaparecíamos en coches, aviones, trenes modernos y de vapor, helicópteros y en una ocasión hasta en un globo aerostático. Lo que quiero decir es que nunca, ni una sola vez, que yo recuerde, terminábamos juntos en el sueño. ¿Cuál es la diferencia entre lo que se imagina y lo que se provoca? ¿Qué separa lo que no es más que intranquilidad, o miedo, de eso que en psicología se conoce como profecía autocumplida? Allí de pie, solo en el pasillo del hospital, imaginé que seguía caminando, dejando atrás la cafetería, el baño y el pasillo y el hospital entero, dejando atrás a Jimena y a su padre enfermo, empezando una vida con otro nombre y otro número de teléfono y puede que con otros accidentes en la cara, una vida más ligera.

*

Estar solo es más fácil. No mejor. No peor. Más fácil. Y más aburrido. Y más triste, si se quiere. Y más fácil. Y así.

*

Esa noche —ninguno de los dos podía dormir— salimos a dar un paseo. Me acuerdo de que hacía frío, y de que Jimena me la chupó en el banco de un parque desde el que se veía la M-30. Cuando quise levantarle la cabeza y el cuerpo entero para subirla encima de mí, hizo fuerza para el otro lado y se quedó donde estaba.

*

De vuelta en casa bebimos cerveza y hablamos de la infancia. Jimena me dijo que recordaba la suya con cariño, pese a todo. Yo le dije que no. Hablé de mi madre —poco, cuatro, cinco frases— y le conté lo de la contraseña que utilizaba de niño para hablar con Dios. Ella me abrazó. Yo me había preparado para consolarla, pero no para lo contrario. Fue ella la que dijo lo que necesitábamos oír: Todo va a estar bien. También dijo que a lo mejor la contraseña no había

funcionado porque le estaba rezando al dios equivocado, que a quien había que rezar, o por lo menos a quien ella rezaba con una fe recién adquirida, era a la Unidad de Oncología Médica del hospital de La Princesa.

*

La percepción del tiempo en una sala de espera: tema para una charla TED, o para un ensayo breve.

*

A primera hora de la mañana estábamos los cuatro allí, solos. Nadie hablaba. Mirábamos el suelo, un rótulo con el calendario de vacunación, la pantalla del móvil.

Jimena tenía la cabeza en mi hombro. Al tiempo que la retiraba soltó un carraspeo y se puso a contar un recuerdo de infancia. Ahora que lo pienso, habría sido más lógico contarlo la noche anterior, cuando estábamos hablando precisamente de la infancia y estábamos solos. Pero no fue así. Nos lo contó a todos en la sala de espera, de repente.

Era 1987 y tenía cuatro años. Estaba con su fami-

lia en un pueblo de la costa. Volvían de un bufé libre en el que sus padres habían discutido. Era de noche. Su madre iba delante, a paso de marcha militar, los tacones de sus zapatos atropellando el suelo —un suelo hecho de mosaicos de tres colores, granate, negro y marfil, formando un patrón ondulado—. Unos metros más atrás, su padre la llevaba en brazos. Arrastraba los pies entre palmeras. Jimena estaba medio dormida. Había llorado largo rato y ahora pedía una cama.

Nos dijo que se acordaba de la voz áspera de su padre cantándole cosas al oído. Una de Serrat. O de Sabina. O de Silvio Rodríguez.

También puede ser que no fuera una canción lo que Jimena escuchaba sino una retahíla de reproches dirigidos a su madre que, a fuerza de repetirse, eran música, ahora. Fuera lo que fuera, sonaba bien y tenía ese efecto sobre ella: la adormecía.

En aquel estado se encontraba cuando supo algo. Lo supo de pronto y sin que nadie se lo dijera. Supo que sus padres se separarían. Lo supo y deseó con todas sus fuerzas que algo lo evitara: un desastre natural, una invasión extraterrestre, un milagro, una guerra.

Cerró los ojos. Apretó los párpados. Abrió los ojos.

Y entonces algo pasó. Un ruido, de improviso. Fuegos artificiales. Venían de lejos, de un hotel de reciente construcción en la parte amurallada del núcleo urbano.

Jimena levantó la cabeza. Hasta entonces, los fuegos artificiales le habían dado miedo. No entendía que a la gente le hiciera gracia esa ostentación tan ruidosa y violenta. Ella la odiaba. Se acordaba del pánico de otros veranos, de rodear con sus brazos de niña el cuello inabarcable de su padre. A partir de aquella noche, sin embargo, nos dijo a los tres, los fuegos artificiales se convirtieron para ella en una prueba: la demostración de que el deseo es energía, y la energía enciende bombillas y arranca motores.

A los pocos meses sus padres se divorciaron. Pero en ese momento Jimena creyó que no lo harían. Lo creyó gracias a los fuegos artificiales, que desde entonces le encantaban. Y más ahora, nos dijo. Ahora que estaban mal vistos —enloquecían a los perros, niños con autismo sufrían ataques de pánico al oírlos—, a Jimena le daban paz. Es bueno saber que hay alguien en alguna parte tirando algunos, dijo. Pocos, eso sí. Pero uno, dos, aunque sea. Me calma eso, nos dijo mirando la pared sin brillo de la sala, mientras esperábamos noticias de su pa-

dre. Ese ruido, esos colores. Todo ese estruendo sin sentido.

*

Llamaron a los familiares directos. Yo me quedé fuera, esperando junto a los fumadores. Ya no era fumador. Tampoco familiar directo. Ni de Vicente ni de nadie.

*

No hubo *remake*, por suerte. Supongo que no por gracia del deseo sino de la ciencia. Da lo mismo, en cualquier caso. El riñón se fue, con el tumor adentro. A su padre le dieron el alta.

*

Lo celebramos todos juntos con una comida. Cocido. No en Malacatín, como era costumbre, sino en la sierra, en casa de Vicente.

Estuvo Rosario, una de las mujeres con las que se veía, que me cayó fenomenal. También Inés, Nathan, Jimena y yo.

La casa tenía un estilo señorial y acogedor, cálido. Era de piedra y pizarra y parecía un parador de turismo. Había tapices, plantas de todo tipo, cuadros de caza mezclados con acuarelas y láminas no figurativas, una chimenea con los restos de un fuego encendido.

El cocido no tenía nada que envidiar al de Malacatín. Lo habían traído del restaurante de la esquina. Según Rosario, lo regentaba un chef que había tenido en su momento dos estrellas Michelin. Ahora, cansado de todo, vivía en el campo, como Vicente.

Nathan se encargó del postre: una tarta de nueces pecanas de la que repetí en dos ocasiones. Bebimos vermut, cerveza, vino. Incluso una especie de Aperol sin alcohol —hecho con plantas medicinales y agraz, el zumo de las uvas no maduras— con el que Vicente, a quien los médicos habían prohibido beber, se empeñó en brindar. Esa frase hecha, que no por serlo es menos cierta: volver a nacer. Vicente había vuelto a nacer. Probablemente, la enfermedad reaparecería. No se iba nunca del todo, en cierta manera. Por lo menos en el caso de Vicente. Él, de momento, sonreía. Ya no criticaba a nadie, no se quejaba. ¿Para qué? Lo miraba todo con asombro y casi diría que con inocencia. Las fotos del dúplex al que se acababan

de mudar Inés y Nathan, en Riverdale, al este de Toronto. Los bodegones de Rosario, que se había apuntado a clases de pintura. Las aplicaciones más insólitas del teléfono nuevo de Nathan. La novela —ya la tenía, ¿pero y qué?— que le había regalado Inés. El anillo que se puso Jimena ese día, uno dorado con un óvalo de aguamarina natural que había pertenecido a su madre. Vicente no dejó de mirarlo en toda la tarde.

Comimos y bebimos y charlamos. Estuvo bien. Tanto que iba a decir, exagerando: Proyecté, a medida que avanzaba la conversación, sobremesas como aquella, en la cocina rústica de la casa del padre de Jimena, entre ventanales a los que se asomaban liebres y cordilleras nevadas. Me reí con aquella familia. Pensé que podría ser la mía.

A la segunda ronda de café vi salir a Jimena. Su padre la seguía. Es verdad que tenían una relación complicada, pero entonces se miraban con esa complicidad infinita que se da sobre todo entre padres e hijos de distinto sexo.

Allí fuera, junto a la puerta de entrada, había un banquito de madera desde el que se veía la sierra. Aunque nadie lo dijo, estaba claro que Vicente había salido a fumar, cosa que los médicos también le ha-

bían prohibido. Volvió al rato, poco después de que lo hiciese Jimena.

Tenía los ojos hinchados, como siempre. Yo creo que había llorado. Aunque no de pena sino de agradecimiento. Un agradecimiento que compartí con él en silencio. Los dos sabíamos —él más que yo, desde luego— que era cierto eso que dijo —la nombro por tercera vez— Marianne Moore. «Es un privilegio ver tanta confusión.»

*

En mitad del atasco de entrada a Madrid, eufóricos y posiblemente confundidos, empezamos a buscar piso.

*

En menos de tres semanas estábamos otra vez viviendo juntos, en un segundo interior que todavía no sé por qué nos había gustado. El piso era muy oscuro. Encima tenía, según Jimena, una energía pésima. Eso yo no lo notaba. Lo que notaba era la peste a tabaco negro de los inquilinos anteriores. Además, en el piso de enfrente, cuyas ventanas estaban a menos

de dos metros de las nuestras —lo sé, una noche de insomnio medí la distancia—, había obras. Empezaron el mismo día que llegamos. Las obras, el olor a tabaco y la energía, decía Jimena.

*

Enseguida le salió un trabajo fuera y se fue. Iba a ser ayudante de producción en una serie rodada en Fuerteventura.

Aunque yo la animé a hacerlo, me apetecía poco quedarme allí solo, rodeado de albañiles que maldecían en lenguas eslavas, taladraban paredes y escupían en el suelo. Eran cinco, pero sonaban como si fueran cien.

Uno de ellos estaba siempre apoyado en la ventana, fumando y mirando el móvil. Era un tipo trasquilado y barbudo con pinta de haber sobrevivido a varios conflictos armados. Algunas veces pensaba que lo que hacía con el teléfono era grabarme.

*

Un día me crucé con él en el ascensor. Iba con otro, uno viejo y esquelético, raro. Estaba decidido a

pedirles que bajaran la voz, o la música, pero en lugar de hacerlo les pregunté cuánto iban a durar las obras.

Una semana, me dijeron, que es lo mismo que me habían dicho la semana anterior, y la anterior.

Después, supongo que por hacer tiempo, les pregunté de dónde eran. El que fumaba no me contestó. El otro me dijo sin mirarme que venían de Bulgaria. Como me acordaba del nombre de la capital de su país la mencioné a modo de respuesta a una pregunta que no me había hecho nadie. La palabra quedó allí, flotando en un aire cargado del polvo de las obras, que los albañiles se llevaban consigo a todas partes.

*

Así vivimos los dos primeros meses, en esa incógnita llamada relación a distancia. Nos escribíamos mensajes de afecto —de fervor, incluso—, pero casi no hablábamos. Jimena volvía siempre de mal humor al hotel, sin ganas de ponerse al teléfono después de jornadas interminables de catorce y dieciséis horas aguantando a su jefe, a actrices, a actores, a representantes de actrices y actores. Decía que estaba muy cansada. Yo empezaba a pensar que no había sido

buena idea volver con ella. Eso no lo decía. Decía que claro, que ningún problema, que yo también estaba muy cansado. En realidad no hacía nada. O sí, compraba, cocinaba, limpiaba la casa. La mayor parte del tiempo me quedaba mirando la pantalla del ordenador o el agujero de la ventana, por el que aparecía, como en una película muda, cada vez un número mayor de obreros.

Me adapté a sus horarios. Todos los días, a las ocho, me despertaban. El momento de la pausa de la comida —el mejor para trabajar, casi dos horas de silencio— lo utilizaba para hacer lo mismo.

A veces intentaba escribir, aunque casi siempre me quedaba otra vez dormido y entonces me volvían a despertar.

Se colaban en mis textos y en mis pesadillas. Con el tiempo empecé a confundir una cosa con la otra. Eran sueños clasistas y xenófobos, visiones deformes alimentadas por la iconografía del cine de vampiros y un poco también por las primeras de James Bond.

Jimena me confesó que había llegado a pensar que me estaba volviendo loco, que no existían los obreros ni las obras, que, a fuerza de escribir, o de intentarlo, me lo había inventado todo.

Pero había pruebas. La casa de los vecinos avan-

zaba. Todas esas mañanas en las que no podía escribir veía cómo iba cambiando el color de las paredes, cómo tiraban tabiques y acuchillaban el suelo.

*

Empecé a salir de casa para escribir. Traté de hacerlo en bares, cafeterías, bancos de plazas, en el metro, en la línea circular. No podía. Ni en casa ni fuera. Dentro, los odiaba. En la calle, los echaba de menos.

Hice incluso, para inspirarme, una lista de Spotify con las canciones que escuchaban. Me aprendí de memoria la letra de una. El estribillo traducido al español decía: ¡Vuela, pájaro, vuela! ¡Llévame contigo! ¡Vuela, pájaro, vuela! ¡Échate a volar!

*

Una mañana se fueron. Sucedió de repente y no se lo conté a nadie. Tampoco escribí nada. Me pasaba las horas sentado en la misma posición, delante de la ventana, esperando a que volvieran.

*

No volvieron. Jimena sí. Se había pintado las uñas y le había nacido un lunar nuevo a medio centímetro del labio superior. En realidad era un pedacito de chocolate salido de un Snickers que había comprado en las máquinas del aeropuerto.

Pasamos una semana sin salir de casa, follando, comiendo pizzas congeladas y hamburguesas y palitos de cangrejo y ramen, mirando programas de telebasura. Después, como enseñan los libros de Historia, comenzaron las hostilidades.

*

Hace unos años vi una versión de *Secretos de un matrimonio* dirigida por un belga que no recuerdo cómo se llama. Los personajes eran interpretados por varios actores —tres para Johan, tres para Marianne— según el tiempo iba deteriorando a la pareja. En un momento dado coincidían los seis en el escenario. Se quebraba la linealidad y se gritaban por turnos, o los seis a la vez, como dos ejércitos enemigos.

Así creo que discutíamos Jimena y yo. No el uno contra el otro sino por equipos. Tres mujeres contra tres hombres. O peor, treinta mujeres contra treinta

hombres. Jimena y yo contra nuestros pasados y nuestros futuros multiplicados, contra las infinitas versiones en las que podríamos llegar a convertirnos.

*

El objeto de las discusiones eran casi siempre las propias discusiones. Con el tiempo, se habían convertido en algo teórico y autorreferencial. Nos peleábamos por quién había dicho qué, de qué manera, con qué propósito. Hoy me doy cuenta de que aquellas broncas no eran en el fondo más que comentarios de texto, exégesis de obras descatalogadas, notas al pie. Éramos dos pálidos estudiantes de Filología redactando juntos una tesis cuyo tema no interesaba a nadie vivo; solo a nosotros, y cada vez menos.

*

¿Dónde estaban, mientras tanto, los personajes secundarios? ¿Dónde estaban mis amigos? ¿Y mis amigas? ¿Dónde estaban los amigos y las amigas, la familia de Jimena? ¿Es posible que construyéramos a nuestro alrededor una fortaleza inexpugnable como

las que adornan el valle del Rin? ¿Para qué la empalizada y el patio de armas, quiénes eran nuestros invasores potenciales?

*

Algunos adjetivos que sobrevolaron el escenario en el que transformamos el salón de aquella segunda casa. Digo sobrevolaron porque parecían helicópteros de policía en torno a una manifestación o a un crimen. No terminaban de irse, quiero decir.

Obsesivo.

Machista.

Mentiroso.

Manipulador.

Manipuladora.

Controladora.

Maniática.

Resentida.

Vanidosa.

Falsa.

Ridícula.

Hipócrita.

Egoísta.

Mojigato.

Arrogante.
Insoportable.

*

Pero también:
Maravilloso.
Maravillosa.

*

Dice un poema de Louise Glück: «Quería que tu mujer sufriera / Quería que su vida fuese una obra de teatro hecha de partes tristes / ¿Puede una buena persona / pensar de esa manera?».

*

¿Éramos Jimena y yo buenas personas? ¿Lo fuimos el uno con el otro? ¿Tiene eso alguna importancia? Tanta literatura escrita sobre la moral, sobre la mente y el corazón —no el corazón de verdad, el que bombea sangre, sino el corazón de las series y las canciones pop y las tarjetas de aniversario— y tan poca acerca del cuerpo. Como si ignorásemos que la con-

vivencia es eso: dos cuerpos que comparten espacio y tiempo. Dos cuerpos y los verbos atornillados a esos cuerpos. Sorber. Toser. Salivar. Sudar. Mear. Respirar. Bostezar. Hipar. Eructar. Roncar. Cagar. Estornudar. Tragar. Eyacular.

Estuvimos mes y medio sin sexo, por cierto. Supongo que los dos habíamos perdido un poco las ganas. Jimena dijo que era una fase. No sé lo que me está pasando pero sé que en este momento de mi vida se me hace muy raro tener algo externo dentro de mí, dijo.

La frase sonó gélida. Pronunciada por un robot, o más bien por una persona que cuando está triste se esfuerza en parecer un robot.

*

Me abrí Tinder. Entraba de vez en cuando, con la aplicación escondida lejos de la pantalla de inicio de mi móvil. Hablé con mucha gente, pero nunca quedaba con nadie —por lo menos al principio—. Todo aquel empeño desplegado en imágenes —bailando reguetón con amigas, haciendo *crossfit*, contemplando atardeceres, leyendo novelas rusas en la cama— me deprimía. Mis fotos también eran deprimentes,

estoy seguro. Y mis conversaciones. Cerraba la cuenta. La volvía a abrir. La cerraba de nuevo. Movimientos de expansión y repliegue. Cíclicos y por lo tanto fáciles de pronosticar. Como las mareas.

*

Necesito un cambio, me dijo. Yo también lo necesitaba. Eso sí, no quería separarme —ahora mismo no sabría decir por qué, pero en ese momento lo tenía claro—. Jimena tampoco. Llevábamos mucho tiempo sin estar de acuerdo en algo y nos dejamos llevar por la euforia del razonamiento compartido. Es la monogamia lo que no funciona, le dije. Claro que es la monogamia lo que no funciona, me dijo Jimena. Yo le dije que al parecer solo el cinco por ciento de los mamíferos eran monógamos. Ella, que había visto el mismo documental que yo, me dijo que el noventa por ciento de los pájaros sí eran monógamos, pero que también eran imbéciles, los pájaros, que se cagaban encima los unos de los otros y se abrían la cabeza contra sus propios dobles reflejados en cristales. Nos habíamos equivocado. Estábamos reproduciendo un esquema caduco y convencional. Una copia de una copia de una copia de una copia de una copia. Lo

mismo que los perfiles de Tinder. Brindamos. Follamos. No estuvo mal. Tampoco bien. Era un principio. Desnudos y entrelazados, decidimos abrir la relación.

*

En alguna parte le oí decir a un taxista: Todas las parejas son parejas abiertas, solo que algunas no lo saben.

*

A veces una y a veces dos veces en el mismo mes Jimena no dormía en casa. Llegaba por la mañana, con pocas ganas de hablar y con olor a un gel que no era el nuestro. ¿Avena, argán, aloe vera, jojoba? No lo sé, no hacía preguntas. Era el pacto que teníamos. Extraña palabra, pacto. Del latín *pactum*: algo trabado, ensamblado, establecido. Otras palabras con la misma raíz: impacto, compacto, pauta, empatar. ¿Habíamos empatado, como en el tramo anterior de la relación? ¿Con cuánta gente había follado o estaba follando Jimena? Pregunta estúpida, casi casi retórica, pero es la que me hacía. Por supuesto, podría decir con cuánta gente había follado o estaba follando yo,

chicas que conocí en Tinder y en otros lados. ¿Es una pareja, al menos en un punto, una competición? ¿Tiene la palabra competición el mismo origen que la palabra pacto? Eso sí lo sé: no.

*

En un ensayo que estaba leyendo Jimena encontré dos frases marcadas con asteriscos: «El arte no es natural pero es posible. La monogamia no es natural pero, como el arte, es posible».

*

Arte #1: habían vendido una escultura invisible por 15.000 euros. Más que invisible, decía el artista, un italiano, mi obra es inmaterial. Un amigo arquitecto nos contó la historia en la terraza de una cafetería.

El mundo es una estafa, dije.

Es espectacular, dijo Jimena ampliando en su teléfono la foto de un salón vacío.

Estaba borracha, más que yo.

Me pregunto cómo habrán hecho para transportarla, dijo.

*

Arte #2: un cuadro abstracto de Gustavo Torner que vimos juntos en un museo. En su estilo, perfeccionado durante años por el autor, se repetían los mismos patrones. El lienzo siempre dividido en dos áreas, la de abajo más pequeña que la de arriba, cada una de las dos hecha de un material diferente, uno homogéneo, liso, el otro encontrado en la naturaleza o en el taller, no intervenido. Además del óleo, el pintor utilizaba feldespato, cáñamo, aluminio, látex. La obra se llamaba *Acero inoxidable y chatarra plateada*. Nos quedamos un rato en silencio contemplando la zona superior, la del acero. Veíamos nuestro reflejo: una sola mancha de color garabateada contra la superficie pulida. ¿Qué hace que cuando dos elementos se fusionan el resultado sea a veces armónico y a veces feo? En la pareja que todavía formábamos Jimena y yo, ¿quién de los dos era la chatarra, quién era el acero?

*

El pacto —como todos los pactos, como la Constitución— entró en una fase en la que solo quedaban

dos vías posibles: la renovación o la ruptura. En resumen: empezamos a hacer preguntas.

*

Hubo muchos ejemplos de desconfianza en aquella época, sobre todo cuando alguno de los dos tenía que viajar. Nombro uno.

Durante una conversación telefónica oigo un ruido raro.

¿Qué ha sido eso?

Nada.

He oído un ruido. ¿Levantas la persiana a estas horas?

No he levantado la persiana. Estaba levantando la mesa.

¿Para qué?

Para quitar una pelusa.

Me había parecido que levantabas la persiana.

Pues no. Estaba levantando la mesa.

*

O cuando cogió de un cuenco una granada madura y la estalló contra una de las paredes del salón.

Me acuerdo de decirme a mí mismo, mientras contemplábamos aquella urdimbre de salpicaduras rojas resbalando por el gotelé: De todo esto mejor que no escriba.

*

Para ser justos tengo que decir que también hubo algunas alegrías en esa última época. Por ejemplo, una vez que fuimos a un local de tiro con hacha que habían abierto en el barrio. Fuimos felices allí. Mareados por una sangría tibia que nos daban, lanzábamos hachas a dos manos contra una diana dibujada en la pared.

*

Otro día fuimos al parque de atracciones. Yo no había estado desde que mi padre me llevó al pasaje del terror con nueve o diez años.

Dejamos las mochilas en una taquilla y compramos un mapa. El recinto estaba dividido en cinco áreas temáticas. Tenían nombres sintéticos, escogidos, quizá, por un aficionado a la poesía zen. Maquinismo. Naturaleza. Calma. Planeta. Agua.

Había llovido. La última zona, la de agua, estaba cerrada. El parque entero tenía un aspecto lúgubre y otoñal. Eso estábamos buscando en nuestra más que posible ceguera: un espacio en el que reírnos de todo, del espacio, de nosotros mismos, de la vida así, en genérico.

Una máquina con temporizador nos sacó una foto gritando juntos en el vagón de una montaña rusa de ocho patas llamada tarántula. La foto era formato sábana y no cabía en ninguna parte, ni debajo del sillín de la moto ni en las mochilas. En mi opinión íbamos a tener que tirarla. Me resignaba con facilidad, yo. Jimena no. A la salida se pegaba la foto a la espalda, los extremos sujetos por el cinturón —el de abajo— y la goma del sujetador —el de arriba— y se ponía el casco.

Rotondas. Túneles. Aligustres. Marquesinas. Descampados. Centros comerciales. Una pintada que decía ¿VIVES DE MI MUERTE, CLARA CORDERO? Esas cosas vi, a los mandos de la moto. Quise fijarme para darles un valor que quizá no tenían.

Parado en un cruce vi, además, en el paralelogramo del retrovisor, la mitad izquierda de una cara que todavía me fascinaba. Haciendo virguerías con el dedo, colándolo entre la visera y el acolchado, Jimena

se rascaba la nariz con demasiado empeño. Alergia, seguramente. O el alquitrán de la carretera. Estaban asfaltándola. Un humo caliente nos envolvía. Podrían haber salido zombis de aquel humo, estoy seguro. Engendros. Fantasmas de otro tiempo.

¿Estás bien?

Sí, dijo. ¿Vamos?

*

Cada vez que te escucho y te miro, dijo en otra ocasión, no te veo relacionándote con una mujer, te veo relacionándote con una idea. Hay en tu cabeza una idea de lo que tiene que ser una mujer, y esa idea es con la que te confiesas y te peleas, a esa idea le reclamas cosas que dices no haber recibido, y, sin embargo, si esa idea es de la que te enamoraste hace tiempo, me pregunto, ¿por qué a quien acabarás dejando no es a la idea sino a mí?

*

Es importante para mí decir esto ahora, porque también es verdad. Me hacía sentir culpable. Me hacía sentir que no era buena persona. Me hacía sentir

que no nombraba las cosas como ella quería. ¿Qué cosas? Cosas abstractas, a menudo, destellos, emanaciones.

*

Jimena me dijo que se sentía juzgada. Es sencillo, en realidad: se sentía juzgada porque estaba siendo juzgada.

*

Me dijo que se ahogaba, que se asfixiaba, me dijo, que se sentía invadida, que necesitaba espacio. Aunque parezca mentira, me lo dijo mientras llevaba puesta una camiseta con el logotipo de la NASA y el mensaje: *Give me space*. Tardamos un buen rato en darnos cuenta.

*

Discutimos. Otra vez. La última, creía. Me fui a beber a un bar. En la bolsa de tela con la que salí de casa encontré una novela que me había regalado Jimena. La protagonista de la novela era una escritora

que viajaba a Chile. La escritora era viuda y tenía miedo a volar. Si lo hacía era solo por su marido, a quien se lo había prometido junto a la camilla de una ambulancia en movimiento. Era bombero y había muerto en acto de servicio. Minutos antes de morir le había pedido a su mujer que esparciera sus cenizas por las dunas de Atacama, el rincón más increíble del planeta, según el bombero. Vi a la mujer en mitad de un desierto florido —hay flores en Atacama, decía la novela, malvillas, coronillas del fraile, lirios amarillos—. Pensé en aquella mujer y en la palabra Atacama. Pensé, después, en Jimena. Ni ella ni yo habíamos estado en Chile. Sin embargo, cuanto más borracho estaba, más claro tenía que la novela hablaba de nosotros: cada página que enfrentaba era un retrato más preciso de la pareja que éramos o habíamos sido. Todo lo que leía, me pareció, tenía que ver con el desamor. O con el amor. O con la escritura. O con el amor a la escritura. Me pareció que, si además de apuntar mis ideas en una servilleta —como hice segundos antes de pedirme otra copa, la cuarta, creo—, me quedaba un rato más pensando en ellas, llegaría a una conclusión más o menos definitiva, o importante. Pero se acabaron las servilletas y no tenía papel y no tenía batería en el móvil y estaba borracho y me

encontré con gente a la que hacía tiempo que no veía y me ofrecieron una pastilla y me la metí en la boca. La pastilla tenía dibujado un martillo. Me la tragué. El techno que atravesaba los altavoces era un martillo. El recuerdo de las discusiones con Jimena era un martillo. El recuerdo de mis padres muertos era un martillo. Y mi cabeza era mi cabeza. Yo la movía.

*

Volví a casa dos días después de haberme ido. Jimena no estaba. Apareció a la mañana siguiente con una docena de sobaos pasiegos en la mano. Pusimos un capítulo de *Seinfeld* y desayunamos juntos sin decirnos nada.

*

En el aturdimiento de la resaca se me ocurrió que podríamos pasar el fin de año en una ciudad oficialmente romántica —acababa de cobrar un guion y tenía dinero—. Pensé en Venecia. Jimena me dijo que vale. También decía que la invitaba a ese tipo de viajes para compensar alguna clase de desequilibrio entre nosotros, no sé muy bien cuál. Que

mis planes eran bienintencionados aunque impulsivos, que los problemas de la relación estaban enraizados en lo profundo, que la solución era compleja y puede que inencontrable. Y en Venecia, cuando llegamos, llovía.

*

Había reservado una habitación en el único alojamiento de San Servolo, un islote que albergó primero a frailes benedictinos, después a monjas huidas de la invasión turca de Creta y después, durante más de un cuarto de siglo, a una nutrida colección de enfermos mentales. En el momento de hacer la reserva me había parecido buena idea.

El vuelo llegó con retraso y fuimos directamente a cenar. Así como estábamos. Sin cambiarnos, con maletas y todo.

Me acuerdo de dar cabezadas entre plato y plato, unos *bigoli* fríos y un bacalao que tenía menos pescado que ajo. Nunca duermo antes de volar, ni mucho menos en un vuelo. Viajar conmigo es una tortura, sobre todo el primer día.

Jimena no comió nada. Contemplaba la triste decoración del local con el tenedor en la mano. Más-

caras de carnaval de plástico. Arlequines al óleo. Esa porquería de póster de Alberto Sordi sorbiendo espaguetis.

Pagamos y nos fuimos. Debían de ser las once. Todo el mundo iba ya camino de San Marcos. Había demasiada gente y nos paramos en unos soportales para decidir qué hacíamos.

Yo quería dormir. Dije que quería emborracharme. Jimena no decía nada.

Le compré un paraguas a un pakistaní. Estuve a punto de comprarle también una rosa, pero Jimena me dijo que prefería que no lo hiciera.

Te estás cayendo de sueño, dijo.

Estoy intentando arreglar las cosas, dije yo.

Las cosas no se arreglan así, dijo Jimena.

¿Cómo se arreglan, entonces?

No respondió. Lo único que podía salvar la noche, dijo, era que nos tomáramos las uvas. Si no salvaba la noche salvaría, como mínimo, los últimos doce segundos del año. Era una tradición estúpida —lo sabía—, pero no hacerlo nos traería mala suerte a los dos. Eso me dijo.

Por supuesto, no encontramos uvas ni nada que se le pareciera. Seguía lloviendo y estaba todo cerrado. El cambio de año nos sorprendió gritándonos frente al puente de los Suspiros.

Abrimos una senda entre batallones de turistas, arrastrando por el adoquinado las ruedas de las dos maletas, la mía y la de Jimena. No hablaba. En la parada del *vaporetto*, sentada debajo de la marquesina, se puso a responder mensajes en el móvil.

Volvimos sin dirigirnos la palabra en el barco de la una.

Había tres pasajeros además de nosotros. Un rubio altísimo con una chaquetilla de cocinero y un par de estudiantes franceses, dos chicos. Eran idénticos. Insolentes y guapos y jóvenes.

Yo miraba los círculos de espuma que rodaban por la ventanilla. Jimena miraba lo mismo, me parece, aunque desde el otro lado.

El *vaporetto* se movía mucho. Los franceses estaban borrachos. Cada vez que esquivábamos una ola lo celebraban.

Nos felicitaron el año. Les dimos las gracias y dijimos algo parecido. Después, mientras uno de ellos ayudaba a Jimena a poner los dos pies y la maleta sobre la madera resbaladiza del embarcadero, el otro dijo algo en su idioma. No lo entendí. Jimena creo que tampoco. O puede que sí, porque le hizo gracia. Se reía, por lo menos.

Atravesamos corriendo el camino que separaba el

muelle del hotel. Era corto —la isla es diminuta, menos de un kilómetro cuadrado: el hotel, las instalaciones deportivas, dos construcciones antiguas de ladrillo siena separadas por un parterre con esculturas—, pero aun así nos mojamos. No era solo lluvia, había tormenta. Oímos truenos, vimos relámpagos, todo en sintonía con el ánimo que traíamos. Demasiado en sintonía, me parece. Si hubiera leído algo así en un texto de uno de mis alumnos no me lo habría creído.

En el mostrador de recepción había una mujer dormida. La desperté yo. Jimena estaba ya más adelante, mirándome desde las escaleras que conducían a las habitaciones.

La nuestra estaba en la primera planta. Impoluta. La cama era enorme y encima de las almohadas habían dejado dos caramelos. Jimena se metió el suyo en la boca, se lo tragó en medio minuto y corrió a lavarse los dientes.

Abrí el mío. El envoltorio era blanco con rayas azules. El caramelo también era blanco y sabía sobre todo a leche. Me fijé, mientras lo chupaba, en la puerta del baño. Tenía un cristal esmerilado. A través de su espesura estuve un rato mirando la sombra en la que se había convertido mi novia. Decía el folleto que todas las ventanas del edificio estaban rematadas con

cristal de Murano. Pero no. Era vidrio. Barato y sin gracia.

Lo peor de la habitación, aparte de la energía tensa con la que la llenábamos, es que hacía frío. En una de las contraventanas faltaba un listón. Jimena se fijó antes de meterse en la cama en que habían colocado en su lugar una radiografía. La lluvia estuvo golpeándola buena parte de la noche. Lo sé porque, con sueño y todo, me costó dormirme.

No sé cuándo lo conseguí pero sé que me despertó un último trueno.

Levanté la cabeza. Jimena no estaba.

Fui al baño. No la vi. La llamé. La pantalla de su teléfono se iluminó en su lado del colchón, entre las arrugas de la sábana.

Salí a buscarla en pijama y sin abrigo. Ya no llovía. Una niebla densa y apretada ensombrecía la isla. La escarcha se acumulaba en los zócalos de las peanas de las estatuas y sobre la red de la pista de tenis, abandonada. Había también una piscina. Me acuerdo de ver palomas mordisqueando la lona plástica que la cubría.

Caminé a trompicones, entre setos uniformes y más estatuas, iluminando el suelo con la linterna de mi móvil. Pisaba colillas y vasos de papel, vasos de propaganda de San Pellegrino.

Oí voces, al rato. Venían del claustro del edificio más viejo.

Entré.

Escondido bajo el eco de las arquerías, apoyado en una columna, me puse a mirar. Ahí estaba Jimena.

En el centro, acorralada por cuatro segmentos de boj iguales, había una fuente sin agua. La fuente tenía encima un grueso disco de piedra. En realidad era una mesa. Me imaginé que sobre aquella mesa, en siglos más inhumanos, se habrían decapitado becerros y sacrificado vírgenes. Ahora servía de asiento para los tres: Jimena y los dos franceses. Me parecieron aún más jóvenes que en el *vaporetto*. No creo que llegaran a veinte años. Estaban bebiendo y fumando, se reían.

No pude ver qué tipo de alcohol era. Sé que la botella que se pasaban era verde y el líquido transparente. O al contrario. Pipermín, sería, o absenta.

Oí más voces. Gaviotas, tal vez.

Siguieron hablando. El inglés que hablaban ellos me sonó tosco y desesperado. El de Jimena era el de siempre, uno de colegio británico, el inglés de la Reina. No sé cuánto tiempo pasé allí de pie, mirándolos.

Las manos me temblaban y me las metí en los

bolsillos. Uno de los franceses tenía la suya, la derecha, en la cadera de Jimena. El otro le tocaba el pelo. Ella se reía. Lo más seguro es que fueran risas breves y puede que hasta imaginarias, pero a mí, en la niebla de aquel decorado de película de terror gótico de presupuesto reducido, me sonaron como carcajadas.

Me di la vuelta y me fui.

Jimena no me vio. Eso creo, aunque tampoco estoy seguro.

De vuelta en la habitación revolví el contenido de su neceser. Le robé un ibuprofeno de seiscientos y me volví a meter en la cama.

*

Cuando desperté, un músculo con gusto a licor y tabaco industrial me lamía los dientes. Jimena estaba encima de mí, desnuda, pidiéndome que se la metiese.

No sé por qué lo pedía. Quiero decir que no hizo falta. Ya me había quitado la camiseta y los calzoncillos, parecía flotar encima de mí como una nube cargada. Estaba excitadísima. Yo también. Más aún cuando tomé conciencia de lo que estaba pasando.

Hacía mucho tiempo que no follábamos así. Años, desde el principio de la relación.

Tenía las dos manos cruzadas en el centro de mi pecho formando una equis. Eso le servía de punto de apoyo para seguir moviéndose. Se movía en todo momento y yo tenía que esforzarme para no acabar enseguida.

Gritaba mucho. No más que nunca pero mucho. Me llamó unas cuantas veces por mi nombre.

En un momento dado hizo algo poco habitual en ella: cerró los ojos.

Yo hice lo mismo. Vi un sol rojo en carne viva. Vi después, durante el tiempo que duró aquello, a Jimena.

Es raro que, teniéndola delante, la viera mejor con los ojos cerrados. Es raro pero cierto. Y me imagino que también es cierto que Jimena pensó en los franceses, y en algún ex, y a lo mejor en mí, o no.

Le dije que, pasara lo que pasara, la iba a querer toda la vida. No respondió. Creo que porque, con el estrépito del sexo, no me había oído. De verdad lo creo.

Llevaba meses sin tomar la píldora —bajaba y subía de peso, le cambiaba el humor—, pero aun así me pidió que me corriera dentro.

Después estuvimos un rato abrazados en la cama.

Poco rato. Sin hablar. Con mis dedos dibujaba figuras en la parte baja de su espalda. Espirales, arabescos, carreteras que mueren antes de llegar a ningún sitio.

Me haces cosquillas, dijo.

Lo dijo como si fuese algo malo y paré.

Entraba luz. Era de día. Jimena se levantó, deslizándose hacia un lateral. Una recta luminosa partía su cabeza en dos. Me acuerdo del escorzo de su cuerpo desnudo en el momento en que quise saber adónde iba.

¿Adónde voy a ir?, dijo, al baño.

Cuando me muera, le dije de pronto, recordando la novela que había leído días antes de subir al avión, quiero que me incineres y que tires mis cenizas al desierto de Atacama.

Volvió la cabeza. Con gesto serio pero en broma —o medio en broma— dijo:

A mí tú no me das órdenes, chaval. Y menos después de muerto.

Lanzó un beso rarísimo al aire y desapareció.

*

La última noche, frente a una tabla de madera con huesos de aceituna y pieles arrugadas de salami, me

dijo que en el fondo le habría gustado envejecer y morir los dos juntos y de la mano. Lo dijo así, en condicional compuesto, el tiempo más inútil de la gramática española. Como si hablara de un tren que se aleja lleno de gente con sueños y gallinas, esos del éxodo rural, en los sesenta.

FANTASÍA

Bajé a sentarme en un banco del parque mientras Jimena terminaba de recoger sus cosas. Me había prometido que a las seis la casa estaría vacía.

Saqué un libro, pero no me concentraba. Con las manos en los bolsillos me puse a mirar la escultura que tenía delante. Era un busto en bronce de Aleksandr Pushkin. Lo único que recordaba de las clases de literatura del colegio era su muerte en un duelo a las afueras de San Petersburgo por culpa de un revólver manipulado.

Cerré los ojos. Febrero. Frío, aunque no lo suficiente para mantenerme despierto después de una noche —otra, la quinta o la sexta en lo que iba de año— sin dormir.

Las discusiones habían desaparecido. Ahora atravesábamos otra fase. El final. O lo que va justo antes

del final, el anticlímax. Por encima de todo estábamos cansados. Quizá por eso la nuestra empezó a convertirse en una ruptura lenta y civilizada, una especie de acuerdo de paz entre países vecinos. Parecemos suecos, había dicho yo al volver de Venecia. Eso es un cliché, había dicho Jimena. Bergman era sueco. Y Strindberg. Los suecos son cualquier cosa menos gente razonable. Los suecos están mal de la cabeza. Los suecos son depresivos y se suicidan. Eso sí que es un cliché, había dicho yo. Aunque no te lo creas, donde más se suicidan es en Corea del Sur. Eres insoportable, dijo ella, y se reía.

Esa risa la iba a echar de menos. La risa y los planes insólitos que se le ocurrían siempre a Jimena. Lo del parque de atracciones, lo del tiro con hacha, lo de las cuevas de sal rosa del Himalaya, lo de las borracheras improvisadas en el bingo, lo del porro criminal que nos fumamos mientras veíamos una película de serie zeta protagonizada por tomates mutantes asesinos. Hoy, todo eso se iba. ¿Adónde? Al cementerio del lenguaje, donde se recuerda y se inventa a partes iguales, donde se miente más que en las iglesias y en las escuelas de cine.

No sé cuánto tiempo estuve dormido. Me despertó, a gritos, un pavo real extendiendo en forma de

abanico su cola de tres o más colores. En el siglo XVII, el parque había pertenecido al rey Felipe IV, que mandó plantar viñas y parterres con frutales, cipreses, moreras y álamos, además de una casa con una fuente octogonal de estilo andalusí.

Ahora la casa estaba en ruinas. A mi alrededor picoteaban media docena de aves que alguien —a lo mejor un noble, a lo mejor un funcionario megalómano— había traído desde la India en un avión de mercancías.

Miré al pájaro. Algo en él me resultaba familiar.

En nuestro primer viaje juntos Jimena y yo fuimos a Tailandia. Al norte, fuimos, a las montañas. Comimos con una voracidad caníbal. Nos quemamos. Buceamos. Conjugamos verbos en futuro. Bebimos a diario un té verde japonés de arroz integral tostado —*genmaicha*, se llamaba— que nos trajimos a España en bolsas cerradas herméticamente. Por iniciativa suya, como siempre, hicimos un curso de pastelería local. Atravesamos el país en una tartana interminable que nos hizo sentir más jóvenes de lo que éramos. Dormimos al raso, en cabañas de madera de tamarindo y hoteles de cinco estrellas. Fuimos felices a ratos. Yo personalmente fui más feliz en los

hoteles de cinco estrellas. Jimena también, aunque no lo reconocería ni bajo tortura.

El último día, mientras subíamos, empapados en sudores tropicales, las escaleras que conducen al templo de Wat Umong, a las afueras de una ciudad turística y universitaria, discutimos. Ahora mismo no sabría decir por qué discutimos. Recuerdo aquel viaje a fogonazos, entre aromas de comida picante y espray antimosquitos. Lo único que puedo decir es que la discusión terminó cuando un pavo real se puso a chillar delante de nosotros, a los pies de una fuente en la que se reflejaba una inquietante pagoda. A partir de aquel día, cada vez que discutíamos, uno de los dos, a veces ella, a veces yo, gritaba de repente el pavo, acuérdate del pavo, joder, y entonces el otro se reía, o no se reía pero por lo menos dejábamos de discutir. Aquel pavo fue para nosotros algo parecido a lo que imagino que debe de ser la palabra de seguridad para cualquier pareja sadomasoquista: una contraseña tonta que, sin embargo, funciona.

Hasta una vez en que Jimena nombró al pavo y a mí me sonó a arameo, a latín, a lengua muerta seguro, y mandé a la mierda al pavo, y Jimena me mandó a la mierda a mí, y los dos dijimos cosas más o menos horribles que no vale la pena recordar, y nos abraza-

mos, y al rodearle la cintura con las dos manos me di cuenta de que estaba metiendo tripa, y ese gesto tan inusitado me dio ganas de pedirle que tuviera un hijo conmigo.

Miré al pavo. El pavo, a su vez, me miraba.

Me agaché a su altura y le dije al oído lo único que sabía decir en su idioma. *Kop Khun Krap*, le dije, que significa gracias. Después, como eran casi las seis, me puse de pie para volver a casa.

A los treinta segundos noté que el pavo me seguía.

Daba un paso.

El pavo también.

Daba otro.

El pavo igual.

Los niños señalaban su cola aristocrática y yo decía que sí con la cabeza, sonriendo como si el animal fuera un tesoro y fuera mío.

¿Se puede tocar?, me preguntó una madre que se parecía un poco a mi madre en las fotografías.

Sin saber por qué le dije que no, que el pavo estaba atravesando un periodo difícil de su vida, que tenía estrés postraumático, que sus reacciones al calor de otros cuerpos podían ser imprevisibles e incluso feroces.

La mujer se llevó a su hijo de la mano. Ni el pavo ni yo nos volvimos para ver cómo se alejaban.

Dejamos atrás la estatua de Pushkin y otra del poeta Jorge Manrique. Paramos en una fuente y bebimos los dos, el pavo primero. El agua estaba helada. Supuse que vendría de las montañas. Hasta que salimos de allí no volví a pensar en Jimena.

Mientras recorría, con el pájaro detrás de mí, el camino que separaba el parque de la casa que habíamos ocupado durante el último año, me dio por pensar en eso precisamente, en el último año y en los seis más que habíamos compartido.

En aquel momento, mientras apretaba el botón del telefonillo, ese tiempo, que era mucho, me pareció poco.

¿Estás ahí?, pregunté mirando al animal.

Tenía el pico levantado como si estuviera pidiendo limosna, o comida.

¿Qué quieres?, me respondió una voz, al otro lado.

*

Otro recuerdo de Tailandia. Estamos en uno de los muchos mercados flotantes de Bangkok. Sudando. Bronceados. Hemos comido de todo. Rollitos, tallarines, sopas agripicantes, arroz pegajoso con mango, papaya. Durian, incluso, una fruta que apes-

ta a inodoro, a enfermedad degenerativa. Ahora bebemos un té de burbujas de tapioca mientras contemplamos un templo en miniatura. El mismo guía que ha tejido con cañas de bambú los anillos que llevamos en los dedos nos explica que todas las casas tienen uno. *San Phra Phum*, se llaman, casas de los espíritus. Son santuarios dedicados a las deidades que protegen la vivienda, generalmente tallados en madera. El que tenemos delante es azul y dorado y está construido sobre una peana. De la barandilla, más estrecha que un dedo, cuelgan guirnaldas de colores. Los inquilinos son dos figuritas de cerámica pintadas a mano. Un hombre y una mujer. Eso parecen, aunque el guía matiza. No son hombres ni mujeres, son dioses, dice. Están en cuclillas el uno al lado del otro, sonriendo juntos bajo el tejado, cuyos faldones se alargan hacia arriba como si fueran uñas de animal o chispas de fuego. Les han colocado todo tipo de ofrendas alrededor. Bebida y comida. Chicles. Gominolas de soja y haba. Peras chinas. Refrescos abiertos, con pajita y todo. Tienen bailarines para entretenerse. Flores, incienso, velas. En un lateral, junto a la puerta de salida, vemos un diminuto caballo blanco de porcelana. ¿El caballo para qué sirve?, pregunta Jimena. El caballo es por si uno de los dos quiere salir corriendo.

CIENCIA FICCIÓN

El día que nos íbamos a ver cayó en Madrid la peor nevada registrada desde 1945. Pospusimos el encuentro hasta cuatro días después, un miércoles. Quedamos en una chocolatería que frecuentábamos cuando vivíamos juntos. Era un local de inspiración francesa con un yorkshire serigrafiado en la puerta. El dueño era un mastodonte danés que invocaba matanzas vikingas. Sus manos, en cambio, eran minúsculas y delicadas. Con ellas, yo, que llegué primero, le vi cocinar el chocolate, espeso y oscuro y amargo y un poco ahumado, con ellas le vi separar, haciendo una pinza con el pulgar y el índice, cada uno de los churros antes de freírlos en un aceite que rozaba los doscientos grados.

Ya no nevaba, pero resistían, al otro lado de la cristalera, los efectos de la borrasca. Hexágonos de

hielo gris. Coches inmovilizados. Árboles caídos. Llegó Jimena.

Sonreía. Se había pintado los labios de un color desconocido —desconocido para mí, se entiende— y todo lo que llevaba puesto, incluida la ropa interior —eso no lo sé, me lo imagino—, era nuevo. Me saludó deprisa mientras se quitaba los guantes, el abrigo, un gorro de pelo beis que parecía el de Julie Christie en *Doctor Zhivago*.

Chocamos los codos. Después, imitando a dos hermanos separados al nacer, nos dimos un abrazo emocionado y raro. Llevábamos casi un año sin vernos.

Hueles igual que siempre, dijo.

Yo no quise preguntar si aquello era piropo, crítica o qué.

Tú estás muy guapa, dije del mismo modo que podría haber dicho cualquier otra cosa que fuera cierta.

Gracias, dijo ella, pero no me lo creo. He dormido dos horas, dijo. Ayer estuve en una fiesta, dijo, y se sentó.

Cuando le pregunté si se lo había pasado bien dijo que sí, que muy bien, que había probado el MDMA, que había bailado *swing*, que le habían leído las líneas de la mano.

¿Te has cortado el pelo?, dijo mirándome la cabeza.

Dije que no, que se me habría caído.

A ti el pelo no se te cae, dijo, no digas tonterías.

Pedimos dos tazas de chocolate y media docena de churros.

¿Cómo estás?

Bien, ¿y tú?

Bien. A dieta, dije señalando dos círculos de grasa en el blanco del mantel.

Además de la dieta iba al gimnasio, corría distancias cada vez más largas, me había puesto una ortodoncia invisible que no podía pagar.

Cómprate un descapotable, ya que estás, dijo Jimena. Fóllate a una de veinte años. Hazte un piercing. Salta en paracaídas.

Iba a decir que me lo estaba pensando —lo del paracaídas— cuando entró en el local una pareja mayor. Parecían perdidos y hablaban en lengua de signos. Se sentaron al fondo, junto a la ventana.

Con mucha ceremonia procedimos, entre bromas, a lo que habíamos bautizado años atrás, en nuestras primeras conversaciones de WhatsApp, como intercambio de cadáveres.

Así lo llamamos también entonces, pese a que

Jimena, contraviniendo lo prometido, no traía nada que pudiera ser relacionado con el cine o la escritura. Yo le di mi primera y única novela publicada. Ella, comida: media docena de roscas dulces de huevo y almidón de yuca que había comprado en Cali. Pandebonos, se llamaban.

Es para que te los tomes con el café, dijo, para el desayuno.

Esto también es para el desayuno, dije yo en alusión a la novela.

Había escrito, en la página de cortesía, una dedicatoria. Le pedí que no la leyera delante de mí. Ella me dijo que ya no escribía. Me parece un oficio triste, dijo.

Gracias, dije yo.

Sonriendo, me rozó la mano a modo de disculpa. Después la dejó junto a la mía con la palma encarando las lámparas de queroseno de imitación.

Entiéndeme, decía intentando explicarse. Me parece un oficio muy bonito. Muy bonito y muy complicado.

Y también triste.

Sí, eso también, aunque solo un poco.

Es una pena.

Al contrario, dijo. Es una liberación. Todo el

mundo está escribiendo una novela. O intentando dirigir una película. O pintando un cuadro, como mi padre —estaba bien, por cierto, seguía en tratamiento pero había vuelto a trabajar—. Hay demasiadas historias circulando por el mundo, ¿no te parece? Tendríamos que callarnos todos. Sobre todo vosotros, los hombres blancos y heteros de cuarenta, vosotros sí que tendríais que callaros de una puta vez. Bueno, no, no tendríais que callaros, tendríais que hablar de otra manera. O tendríais que callaros. Yo qué sé. Te lo digo porque te quiero.

Le di las gracias. Por el te quiero, digo. Nos lo habíamos dicho poco. Quizá porque se había dicho tantas veces que nos preguntábamos —yo, por lo menos— si no habría perdido el sentido, si no se habría transformado por vía de la repetición en una de esas expresiones del medievo: carcunda, petimetre, verriondo, casquivano. Le dije que no tenía cuarenta, que tenía treinta y nueve. No me oyó, o hizo como si no me hubiera oído.

¿Estás escribiendo?, dijo.

Más o menos.

Eso es que sí. ¿Otra novela?

No lo sé.

¿De qué va?

Cuando lo sepa te lo diré.

¿Va de nosotros?

¿Por qué iba a ir de nosotros?

Porque no tienes tanta imaginación.

Va de unos que se parecen a nosotros pero no somos nosotros.

Me habrás cambiado el nombre, por lo menos.

¿Cómo te quieres llamar?

Jimena.

¿Jimena?

Sí, Jimena.

¿Por qué?

Por mi abuela. ¿Y tú?

¿Yo qué?

¿Cómo te llamas tú?

Yo me llamo como me llamo.

Qué pena, ¿no?

¿Por qué?

No sé. En la vida hay pocas oportunidades de ser otra persona.

He dicho que me llamo igual, no que sea la misma persona.

¿Te parece mal?, dije después, enseguida.

¿El qué?

Que escriba sobre nosotros.

Depende de lo que escribas.

Escribo lo que puedo. Como todo el mundo.

Ponme un ejemplo.

¿Cómo un ejemplo?

Un ejemplo. Una frase. Algo.

Por ejemplo: hace poco pensé que una separación se parece a un deshielo. Lo escribí en una servilleta y todo. Una separación se parece a un deshielo, escribí. El suelo cruje bajo nuestros pies y las cosas cambian de estado. Después pensé que todo eso del deshielo era una cursilada. No sé. Creo que tengo que dejar las metáforas.

No es bueno dejarlo todo de golpe.

¿Qué he dejado yo?

A tu novia. Y los hidratos de carbono.

Lo dijo riéndose y sin mirarme, rascando con la cucharilla, obsesivamente, una costra de chocolate que ocultaba el fondo de una taza.

De todas maneras, a mí me gusta lo del deshielo, dijo. Pero lo dices porque vives aquí, y porque ha nevado. Si vivieras en el desierto dirías otras cosas. Dirías que una separación se parece a una sequía. O a un espejismo. O a lo mejor no dirías nada porque quién vive en el desierto.

Eso es lo que tendría que hacer. No decir nada. No escribir.

No escribas.

Eso es lo que tendría que hacer.

Eso ya lo has dicho.

¿Qué?

Escribe o no escribas, pero no des el coñazo con eso, anda. A nadie le importa. Y está bien así.

O no, dije.

Sí, claro, mamón, siempre se puede decir o no.

O no, repetí, y nos reímos.

Ella también había pensado mucho en mí, decía. En el tiempo que habíamos compartido, en lo bueno, en lo no tan bueno, en cómo había empezado y sobre todo en cómo, y por qué, había terminado. Había revelado fotografías, había colocado la cámara del teléfono delante de un espejo y se había visto llorar, había escrito —por última vez, decía— un texto inacabado y medio experimental utilizando los enlaces y los memes y las notas de voz y los correos electrónicos que nos mandábamos.

Pero luego pensé que no tenía tanta importancia, dijo. Todo el mundo se junta, todo el mundo se separa. Mandé a mi jefe a la mierda, metí cuatro cosas en una maleta, vendí los pocos muebles que tenía y me fui a grabar a las ballenas jorobadas del Pacífico.

Yubartas, se llaman, y por lo visto tienen el sis-

tema acústico más complejo del universo. El estudio lo habían hecho atendiendo al número de formantes o frecuencias de emisión. Un ser humano tenía cuatro, cinco, a lo sumo. Un ciervo siete. Un ruiseñor podía llegar a doce. Las ballenas tenían más, no sé cuántas. Con ayuda de las frecuencias algunos biólogos analizaban sus hábitos migratorios y reproductivos.

De las ballenas se aprenden muchas cosas, dijo Jimena.

Dime una.

Te puedo decir diez.

Con una me vale.

Se aprende a escuchar.

Sonó un teléfono, el mío. Lo puse en silencio. Jimena se levantó para ir al baño. Fue tres veces en total. Había vuelto de Colombia con una infección de orina. Por la calcificación de las aguas, me dijo.

Quería grabar más videos además de lo de las ballenas, imágenes en movimiento que no enseñaría a nadie. Cosas en Georgia, en las montañas del Cáucaso y en el barrio madrileño en el que había nacido. Quería grabar partos, auroras boreales, revoluciones. Quería grabar a su tío Nicanor, que tenía noventa y dos años y había sido el herrero del pueblo. Recorda-

ba estos días el aliento de sus dedos. Olían a metal, me dijo, a plancha quemada.

¿Te puedo preguntar si estás con alguien?, me dijo.

No, dije.

¿No estás con nadie?

No, no me puedes preguntar.

Ah.

Es broma. No estoy con nadie. ¿Y tú?

Yo sí.

¿Te puedo preguntar con quién?

Con la plantilla completa del Atlético de Madrid.

Vete a la mierda.

No estoy con nadie. Estoy sola y estoy muy feliz.

Me alegro.

Perdón.

¿Por qué me pides perdón?

Porque sí que estoy con alguien. No sabía cómo decírtelo y me ha dado por hacer una broma. Perdón.

No pasa nada.

Sí pasa. Es una mierda de broma. Perdón, repitió.

Me preguntó si quería saber quién era. Sí quería, pero le dije que no.

También le dije que me alegraba por ella —era verdad— y le pregunté si estaba bien.

Sí, estoy muy bien, dijo. Pero algunas veces me acuerdo de ti. Supongo que es normal. El otro día, por ejemplo. Me encontré un libro en un contenedor de reciclaje y me acordé de ti. No me preguntes por el nombre del autor, solo sé que había ganado no sé qué premio del Ayuntamiento de Logroño, o de Pamplona. Siempre me confundo con Logroño y Pamplona, no sé por qué. El caso es que abrí el libro y leí la primera frase. Decía: «Si estamos aquí, en la vida, será para que se note». Yo he notado que tú estabas. Eso quería decirte. Has hecho que se note. Quería darte las gracias por eso.

Me cogió la mano. La suya estaba caliente.

Fuera, en la calle, parpadeó una farola. Seguimos hablando. Lo hacíamos al mismo tiempo que los sordos de la mesa de la ventana, y por un momento me pareció que lo que estábamos viendo cada vez que los mirábamos de reojo no era su conversación sino una traducción simultánea de la nuestra.

Después uno de los dos hizo otra broma. Fue una broma cimentada en el pasado, o más bien en otro tiempo sin registro, uno que ni ella ni yo podíamos probar que hubiera existido. Quizá por eso cayó así sobre la mesa, planeando, como la pluma de un pato. O mejor, como la pluma de un pavo, del pavo que me

había seguido en el parque la tarde que nos separamos. La miramos. Nos pusimos de pie. Pagamos. Nos embadurnamos con gel las palmas de las manos. Nos pusimos las mascarillas, los guantes, los gorros de piel y de lana. El mismo tronco atravesado que habíamos tenido que sortear para entrar en la cafetería lo tuvimos que sortear a la vuelta, pero la segunda vez lo hicimos a la vez, no rodeándolo sino saltándolo de la única manera que se puede saltar en el universo conocido: pasando por encima. Se había hecho de noche y las calles eran desiertos. O tundras. O pistas de hielo. Por ellas caminamos juntos, entre laberintos resbaladizos y despoblados y gélidos. Cuando uno se caía, el otro le ayudaba a levantarse. No es una metáfora de nada, es simplemente lo que pasó.

Tengo que irme, dijo Jimena muy rápido, entre vapores.

Estábamos en la plaza del Reina Sofía. El suelo era una mezcla de hielo, sal y basura. *El pueblo español tiene un camino que conduce a una estrella*: así se llamaba la escultura, me acordaba. Busqué el camino, busqué la estrella. No vi más que un dolmen hecho de nieve. Parecía un gigante cósmico disecado.

Yo también tengo que irme, dije. ¿Para dónde vas?

Para allá, dijo ella. ¿Y tú?

Para allá, dije yo señalando en otra dirección, una cualquiera.

Jimena se puso entonces un poco más cerca, no para besarme ni para decir nada sino para quitarme una cosa del pelo, quizá una pelusa, quizá un copo de nieve que, de todos modos, con el tiempo, se derretiría. Dándome la espalda, conectó a su teléfono unos auriculares monstruosos de controlador aéreo y echó a andar despacio y con dificultad.

Mientras se hacía cada vez más pequeña en la distancia, yo la miraba. Lo había visto hacer en libros y películas, pero no lo había hecho nunca. O por lo menos no lo había hecho así, queriendo.

Gracias por la dedicatoria, leí más tarde, de madrugada, en el rectángulo encendido de mi móvil. Me has hecho llorar.

Estuve media hora pensando una respuesta. Barajé verbos, adverbios, conjunciones, adjetivos. Las palabras, todas, me dieron pánico. Escribí gracias a ti, dos puntos y un cierre de paréntesis y apagué el móvil. Lo dejé bocabajo sobre la mesa y salí descalzo a la cocina.

Abrí la nevera. Entre cuatro latas de cerveza y medio kiwi peludo encontré lo que quería. Encendí

el ordenador y me senté donde pude. Mientras probaba muy despacio, con miedo de que se acabara, el primero de los panes que me había regalado Jimena, busqué videos de ballenas jorobadas en internet. Vi sus vientres blancos y estriados y los bailes que hacían. Los vi a oscuras, en una casa en la que los objetos estaban metidos en bolsas y cajas, como si alguien los hubiera escondido para que no hablaran.

AGRADECIMIENTOS

Quiero dar las gracias a todas las personas que han hecho posible esta novela. Mi editor, Jesús Rocamora; mi agente, Palmira Márquez; los que leyeron este libro o algunos pedazos de este libro cuando todavía no era este libro: Daniel Jiménez, Esther García Llovet, Marta Jiménez Serrano, Eva Álvarez y los compañeros y compañeras del grupo de los jueves del taller de Santiago Llach. Gracias a todos y en especial a Olivia Gallo. Qué bueno que la Tierra sea una esfera y que todas las esferas tengan dos hemisferios.

ÍNDICE